斉藤 洋

生きつづけるキキ

―ひとつの『魔女の宅急便』論―

講談社

生きつづけるキキ

―ひとつの『魔女の宅急便』論―

目次

はじめに

ここに一冊の名作がある。角野栄子《かどのえいこ》の『魔女の宅急便』である。

この作品は、というより、この作品の原形は、福音館書店発行の月刊誌、「母の友」の一九八二年四月号から翌年の一九八三年三月号にかけて連載された。そして、それが同社から単行本、『魔女の宅急便』として出版されたのが一九八五年である。

雑誌に連載されたものが単行本になる時は、多かれ少なかれ、加筆や訂正がおこなわれる。ここで、『魔女の宅急便』という時、それは「母の友」に連載されたものではなく、単行本とした発行されたものをさす。

ときに、中村草田男《なかむらくさたお》の句に、

〈降る雪や明治は遠くなりにけり〉

というものがある。

明治は遠くなりにけりという言葉がはやったのは、昭和四十年代の明治百年祭の頃だが、この句が載っている句集、『長子』の発行は昭和十一年だ。中村草田男は、明治が終わって、二十数年後に、〈明治は遠くなりにけり〉という言葉を句集に載せた。

さて、すでに述べたように、『魔女の宅急便』の発行は一九八五年である。一九八五年は昭和六十年だ。その後、昭和は数年つづき、さらに平成が三十年、令和に入った今、合わせて三十数年の年月が流れている。

明治が終わってまだ二十数年という時に、中村草田男は、〈明治は遠くなりにけり〉と言った。さらにそれより長い、年号も令和になった今で言えば、〈昭和は遠くなりにけり〉のはずだ。

昭和が遠くなったかどうかは別として、『魔女の宅急便』は？

『魔女の宅急便』は〈遠くなりにけり〉だろうか？

否！

遠くなるどころか、この作品は発行当時よりもさらに読者の身近になっている。発行以来三十年以上経《た》っているにもかかわらず、『魔女の宅急便』は書店の棚に残りつづけている。

その理由はどこにあるのか？

この書はそれを探ることが目的である。

ところで、本書は、現代の読者にとっての、角野栄子の『魔女の宅急便』の意味や価値を探るものであり、その視点は、『魔女の宅急便』刊行の二年後に刊行された『ルドルフとイッパイアッテナ』の作者、斉藤洋《さいとうひろし》の視点である。したがって、児童文学研究者の言葉を本書で引用することはない。それは、他のだれが『魔女の宅急便』についてどう言っているかは問題ではないからだ。また、対象は角野栄子の児童書である『魔女の宅急便』であり、のちにアニメーション化された同名の映画でないことをあらかじめ記しておく。

なお、テキストは文庫版ではなく、ハードカバーのものである。

角野栄子
魔女の宅急便
一九八五年　福音館書店
これの、二〇一八年発行の第八十四刷を使わせていただいた。

本文中の引用のカッコ内のページはこのテキストのページである。数字のあとに、以下、とあるのは、引用がそのページ以降にまたがっていることを示す。

1

ファンタジー世界を支えるリアリティ

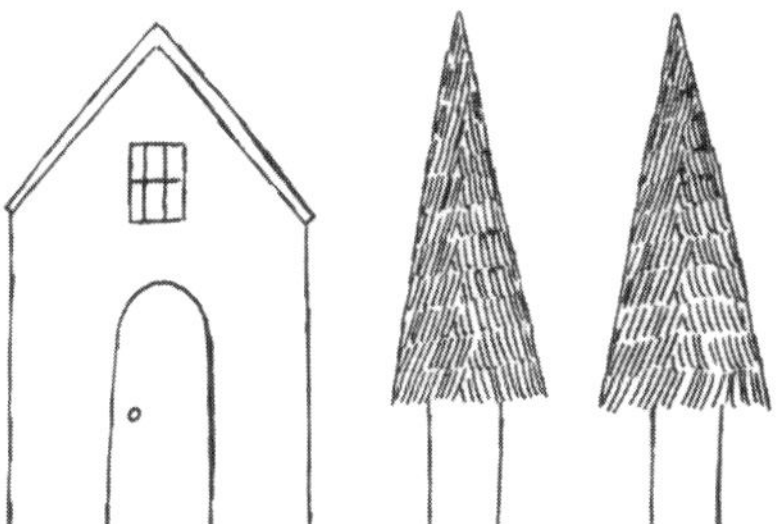

人間と魔女が結婚をして、生まれた子どもが女の子のばあいは、たいてい魔女として生きていくのがふつうでした。でもたまにはいやがる子もいるので、十歳をすぎたころ、自分で決めてよいことになっていました。もし魔女になると決心がつけば、ただちにおかあさんから魔法をおしえてもらって、十三歳の年の満月の夜をえらんで、ひとり立ちをすることになります。この魔女のひとり立ちというのは、自分の家をはなれ、魔女のいない町や村をさがして、たったひとりで暮らしはじめることです。

（P.8）

魔女の旅立ちがどのようなものかについて、おおよその説明をしたのがここに引用した部分である。

物語の主人公、キキはこの時十三歳で、魔女になるかならないかの決定をすでに三年前にしている。

ともあれ、ここで少しのあいだ立ち止まって、魔女というものについて考えてみよう。

日本語の〈魔女〉はそもそも〈女〉という字が入っているから、女性であることがすぐにわかる。魔女に相当する英語は witch あるいは hex である。英語の名詞は性を持たないので、witch にしても hex にしても、それが女性であることを暗示していない。英語には、sorcerer の女性形の sorceress という語もあるが、これはどちらかというと〈魔法使い〉というニュアンスがあり、魔女とはずれがある。

ドイツ語になると、魔女は Hexe（ヘクセ）であり、女性名詞だから、女性であることを暗示している。この Hexe という語の古い形は hagazussa ということになっており、これは元来〈垣根の女〉という意味だ。垣根とは境界のひとつであり、したがって、〈垣根の女〉は〈境界にいる女〉であり、〈境界をこえる女〉ということになる。

『魔女の宅急便』の〈魔女〉とは、何よりもまず〈境界をこえる女〉なのだ。すでに、『魔女の宅急便』の〈魔女〉は、人々に害を与えるという古いタイプの魔女ではない。古くからの魔女の特性として、ほうきにまたがって飛行したり、黒猫をつれていたりはするが、自分の能力を使って、害をもたらすことはない。じっさい、キキの母親コキリができることは、飛行を別にすれば、薬草を育てて、くしゃみの薬を作ることだけだ。だれかに呪いをかけるなど、したくもないだろうし、したくてもできない。

さてキキだが、キキは十歳の中頃、魔女になる決心をし、母親から飛行と薬作りを習うが、薬作りのほうはあまり性に合わないようだ。しかし、飛行のほうはすぐに上達する。そして、この飛行、ほうきにまたがって空を飛ぶことこそ、キキの最大の特徴であり、垣根のこちらにいる一般の人々にはできないことなのだ。

キキは飛行と薬作りを習って、自分の家を離れ、魔女のいない町や村をさがして、たったひとりで暮らしはじめる道を選択する。そして、物語が始まる。

物語の主人公の旅立ちには、ふたとおりのパターンがある。出発が自分の意志によるか、そうでないかの二種だ。キキの場合は前者であり、しかも、自分の道を選んでから出発まで三年の訓練期間があり、いわば、自分の決定をみずからが覚悟する時間があった。それは、とりもなおさず、自分の決定に責任を負わざるをえない状況だということなのだ。そして、そのことこそが、まさに現代的なのである。

職業の世襲は明治で終わったというのは部分的には正しいが、現実にはそうではない。昭和二十年の終戦までは、親の職業を継ぐのはふつうのことであり、継がないのはむしろ親不孝だと思われた。わずか、七十年ほど前までは、自分の将来は自分で決められない、それが言い過ぎならば、自分ひとりでは決めにくい状況だったのだ。しかし、現在はそうではない。少なくとも、たてまえ上はそうではない。自分の将来は自分で決めてよく、むしろ、そのほうがよいし、人間は努力すればなんにでもなれる……、というのが現代のたてまえだ。

しかし、親の職業を継ぐのがふつうのことであると考えるのは、個人の意志を軽んじているとしても、それはそれで楽な面もあったはずだ。むしろ、自分の将来は自分で決めてよく、人間は努力すればなんにでもなれるという現代のたてまえのほうが、少年少女にとって過酷だとも言える。

自分の将来は自分で決めていいとしても、そこにはどうしても両親や保護者の意図や、それによる利益誘導が働いているだろう。そして、努力すればなんにでもなれるというのは、やはり幻想なのだ。この幻想は、換言すれば、〈おまえがなりたかったものになれなかったのは、おまえのせいだ。おまえが努力しなかったからだ〉ということだ。たとえば、大学の野球部に属していて、プロ野球の選手になりたかったがなれなかった人々がひとり残らず、プロ野球選手になれたすべての人たちより努力していなかったとは、とうてい思えない。

そこには、生まれついての才能というファクターが厳として存在するのだ。また、自分の意志では毎日の自分の行動を決定できなかった幼少年期の過ごし方というファクターもある。

さて、キキの場合はどうだろう。

魔女になるためには、ふつうの人間の父親と魔女の母親のあいだに生まれる必要がある。これは、裏を返せば、キキは魔女になる才能を持って生まれてきたとも言えるのだ。しかも、練習し、飛行もできた。

キキは、魔女たる才能を持ち、しかも、魔女となって旅立つという道を自分で選んだ。この文字どおり、のっぴきならない、退き引くことができない状況でキキは出発する。

どんな言い訳も通用しない。しくじれば自分が悪いという状況がそこにはある。

才能ということを別にすれば、これは、現代の子どもたち、とりわけ高学歴高収入の家庭の子どもたちにもあてはまることだ。

塾にも行かせた、家庭教師もつけてやった、教育資金は十分にある。おまえが高級官僚や一流企業のエリートサラリーマンや、医師や弁護士にならないとすれば、それはおまえの努力不足でなれなかったのであり、すべてはおまえの責任だ、という立場にある少年少女は、たぶん、キキに共感せずにはいられないだろう。また、それほど裕福な家庭の子でなくても、努力すればなんにでもなれるという幻想の中で育っていれば、やはりそれは同様である。

もちろん、そういうことを言いたくて、作家がそういう立場の子としてキキを描いたなどとは、私は言っていない。作家がどういう気持ちで書いたかなどということは、そもそも問題にしていない。作家がどういう趣旨で書こうが、ここに描かれているのは、自分の道は自分で選べるし、選ばなければならないということの厳しさなのだ。作家の意図はともあれ、そこには作家の現実を見つめる冷徹な目がある。分類から言えば、『魔女の宅急便』はファンタジーのジャンルに入るだろう。作家が描いたのはファンタジー世界だということに異論を唱える者はいないと思う。しかし、そのファンタジー世界を説得力あるものにしているのは、そこに現実世界の現実、リアリティがあるからだ。

『魔女の宅急便』は遠くなるどころか、発行当時よりもさらに読者の身近になっているのはなぜか？　まず、その最初の答えはこうだ。

『魔女の宅急便』はファンタジーではあるが、それはただの、目が覚めたら夢でした式の夢物語ではなく、少年少女の読者を取りまく現実が冷徹な目で観察されているからだ。しかも、その現実は、書かれた当時より、いっそう厳しくなっているとも言えるから、キキの出発は多くの今、少年少女期にいる読者の共感を得るのだ。

結果としてキキは母と同じ魔女の道を選んだとしても、それは、ただの単純な世襲ではなく、キキの自由意志によるものなのだ。

2

日常という説得力

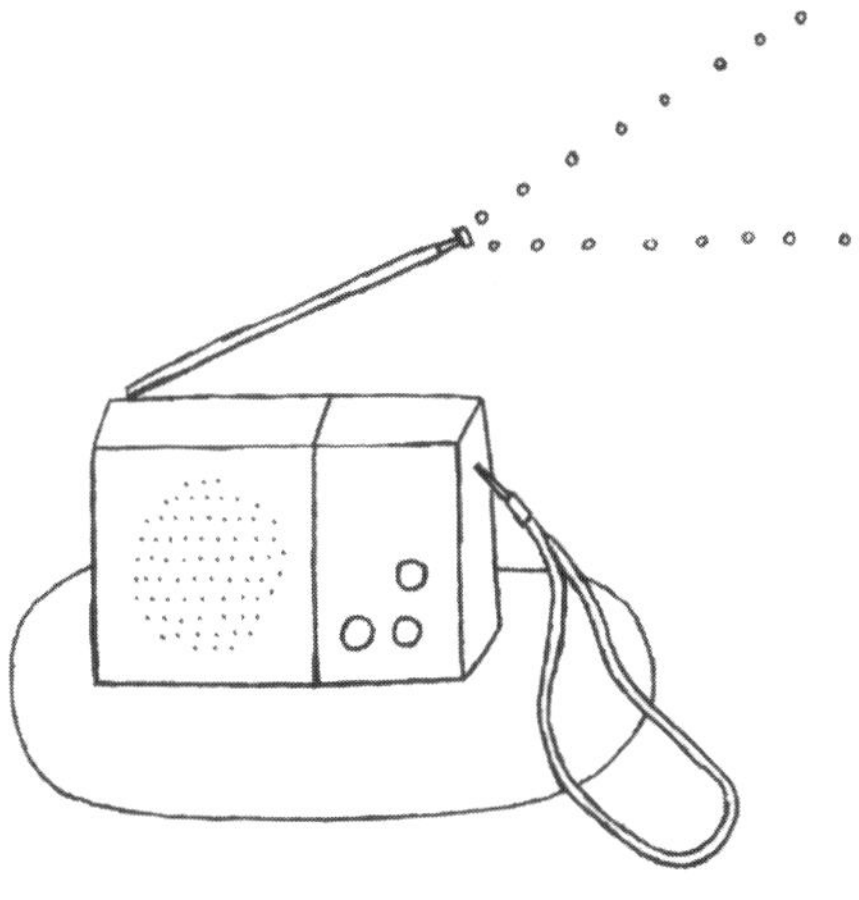

「飛ぶことしかできないから、なおさらほうきがたいせつじゃないの。慣れないほうきで飛んで、もし失敗したらどうするの。はじめがかんじんなのよ。ひとり立ちってね、そんなにかんたんなことじゃないんですから。お金はほんのすこし、きりつめてきりつめて一年やっと食べるぐらいしかもたせられないのよ。そのあと魔女はね、自分のできる魔法で生きていかなければならないの。だからこの一年で、なんとか自分の生きかた見つけなきゃ。かあさんが薬草をつくって、町の人たちのお役にたってきたようにね。かあさんのほうきで行きなさい。あのほうきならようく使いこんであるし、飛びかたもこころえているから」（P.21以下）

これは、キキが出発にあたって、どのほうきを使うか、つまり、どのほうきに乗っていくかについて、キキが新しく自分で作ったものを使いたいと言っていることに対する、母コキリの意見である。

キキが作ったほうきについて、まず、コキリは、

「とってもきれいだわ。でも、そのほうきはだめよ」（P.21）

と断言する。そして、キキが、

「どうして？　今までの小さなほうきなんていやよ。あたし、空を飛ぶことしかできないんですもの。新しくして、気にいったほうきで飛びたいのよ」（P.21）

と言う。それに対する言葉が、ここに引用したせりふだ。

それがどうした？　そこに何か意味があるのか？　親子間、とりわけ母娘間《おやこ》でよくある光景であり、めずらしくもないし、わざわざ取りあげることもあるまい、と思われるかもしれない。

しかし、この、いかにも母娘のあいだで起こりそうな言葉のやりとり、とりわけ引用したコキリのせりふには、この作品を名作たらしめる大きな要素が入っているのだ。

まず、キキが飛ぶことしかできないからこそ、ほうきが大切だという。ほうきの議論の前提になっているのが、飛ぶことしかできないということで、ここでキキの能力の限定が強調される。

キキは、そして、コキリもまた、いかなる魔法、魔術も使える魔女ではなく、飛ぶことと、せいぜい薬を作ることしかできない。しかも、その薬は不老長寿の霊薬ではなく、くしゃみの薬なのだ。

魔女は〈垣根の女〉、〈境界にいる女〉、〈境界をこえる女〉である。飛行は境界をこえる象徴的能力である。魔女はかならずしもいつも飛行しているわけではない。そして、かならずしもいつも飛行によって、境界をこえるわけではない。だが、飛行は魔女にとって必要条件なのだ。くしゃみの薬を作れることは魔女の必要条件ではない。効力の大小を別にすれば、くしゃみの薬は人間社会の薬局でも手に入る。

飛行を別にすれば、魔女の必要条件は呪術だ。飛行と呪術、このふたつの必要条件のうち、キキは、そしてコキリも、ひとつしかできない。そして、このひとつしかできないからこそ、キキとコキリは現代的なのだ。

ここで強調されているのは、一見、キキの能力の限界のように見えるが、実は、キキが現代的な魔女であるという宣言なのだ。換言すれば、キキは、飛行能力を別にすれば、人間社会のどこにでもいるような少女だとも言える。そして、どこにでもいるような主人公でなければ、読者は共感しにくい。

魔法でいろいろなことができる天才的魔法使い少女であれば、読者の憧れの対象になるかもしれない。しかし、その憧れには、しょせん自分とは違うというあきらめのような感情がともなうはずだ。もちろん、そういう主人公がいけないと言っているのではない。キキはそういう主人公ではないと言っているのだ。そして、その点こそが、多くの読者をひきつけるのだ。

さらに、キキが読者の共感を勝ち取る他の要素がこの場面にはある。

キキは自分が作った新しいほうきで行きたい。しかし、それは母に否定される。しかも、母の否定には、合理的な理由がある。その合理的否定の前には、

「とってもきれいだわ。でも、そのほうきはだめよ」(P.21)

という、一見部分的な肯定をともなっているような全否定がある。まさに、こういう母娘の言葉のやりとりこそ、多くの少女が日常体験するやりとりであり、この場面はそういう面で、読者の体験と一致し、その一致によって、キキへの共感を増大させる

ことになる。

お金はあまり持っていけない。そして、自分の魔法で生きていかねばならないとコキリは言う。これは、母が娘に旅立ちの心がまえを言っているにすぎないように見えるが、その実、これから始まる物語の予告を、それとなく読者に告知し、いったいキキはどうなってしまうのだろう、どうやって生きていくのだろうと、読者に心配させつつ、その心配が主人公と一体化させる大きな力になっているのだ。

しかし、このほうき議論は、ただ読者の不安をあおっているだけではない。あのほうきならよく使いこんであるし、飛びかたもこころえているから、というコキリの言葉によって、最後にその不安をやわらげる。

この、なんでもないようなコキリのせりふには、読者を物語世界にいざなう仕掛けがほどこされているのだ。そして、そういう仕掛けが『魔女の宅急便』を名作に押しあげる要因のひとつになっている。

さらにこのあと、何を着ていくかで、母娘のあいだに意見の不一致が起こる。これは、飛行用のほうきの選択より、さらに日常的である。

娘が外出する時、何を着ていくか、それは母娘のあいだでいかにも意見の不一致が起こりそうなことである。そして、多くの少女がじっさいにそれを体験しているのだろう。

キキはほうきの件で、母に譲歩する。そして、こう言う。

「うん、それなら、いいわ。それじゃ、洋服はあたしのすきなのにしてよ。大通りのお店のウィンドーに、いいのが出てるの、コスモスもようよ。あれならきっと花が飛んでいるように見えると思うわ」(P.24)

しかし、これも、

「かわいそうだけど、それもだめよ」(P.24)

としりぞけられる。

コキリが言うには、今は魔女も、とんがり帽子や長マントも着なくなったが、昔から魔女の洋服の色は黒、それも、すべての黒の中の黒と決まっている。しかし、黒い洋服は形ですてきに見えるから、大いそぎで作ってやる、とコキリは言う。

いわば、ここで母娘間に妥協が成立する。しかし、これは単なる、両方の主張をたして二で割るような妥協ではない。いわば魔女の末裔《まつえい》のコキリにとって、黒い服は魔女のアイデンティティを表すもので、黒い服が古臭いというキキに、コキリは、古い血すじの魔女だから、古臭いのはしかたがない、と言う。コキリは、しかたがない、という言葉を使ってはいるが、人間社会に入っていっても、自分が魔女であることを忘れてはならない、もっと、言ってしまえば、魔女としての矜持《きょうじ》をたもたねばならないと言いたいのだろう。しかたがないという言葉は、娘を説得するために使ってはいるが、コキリ自身は、それがしかたがないことだとは思ってはおらず、むしろ、黒い服は魔女の誇りなのだと言いたいのだ。

ともあれ、キキは、あきらめ顔で承服し、今度は父のオキノに、音楽を聞きながら飛んでいきたいからと言って、赤いラジオをせがむ。

オキノはそれに承諾し、コキリも反対はしない。

こうして、キキは古いほうきの前に赤いラジオをくくりつけてまたがり、黒猫のジジをうしろに乗せて旅立つのだ。

ひとことつけくわえるなら、ラジオの色はどうしても赤でなければならないだろう。赤と黒の組み合わせは美しいだけではない。赤も黒も、多くの国の国旗に使われている象徴的な色だからだ。

3

親離れと社会化の開始

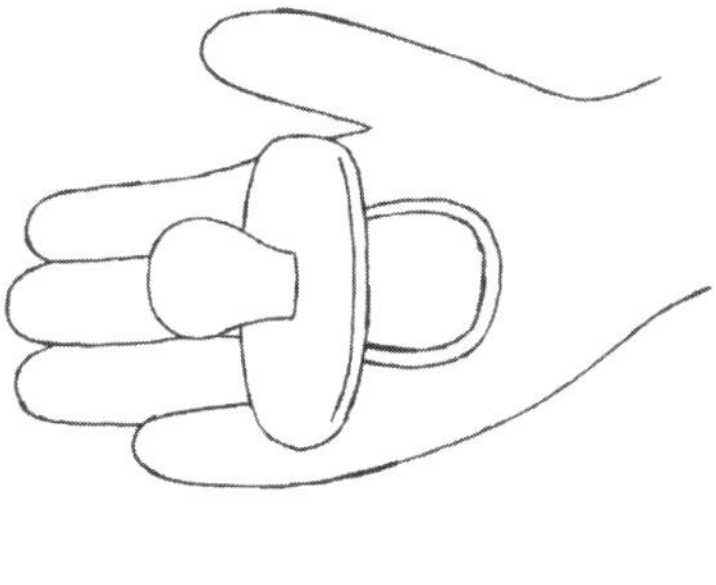

（こんなことじゃいけない。何かあたしにできるものを見つけなくちゃ……あたし、おしゃぶりをとどけてあげたわ。ああいうことだったら、できるかもしれない。空を飛ぶことは得意だもの。……ほら、かあさんもいってた。大きな町ではみんないそがしいって。その大きな町にちょうどあたしはいるんだもの。いそがしくって、ちょっとしたとどけものにもこまっている人は、たくさんいるかもしれないわ）（P.66以下）

これは、キキがコリコの町に着き、パン屋のおソノの粉置場に寝泊まりするようになって三日目の内心の独白である。内心の独白だから、カッコがついている。

キキはコリコの町に到着した日に、パン屋のおソノに頼まれ、客が忘れていったおしゃぶりを飛行してその客にとどけ、おソノから礼として、バターパン（作品中ではバタパンと表記されている）をもらっている。

赤ん坊のおしゃぶりをとどけることによって、キキは自己の有為性に気づき、パン屋のおソノと相談し、〈魔女の宅急便〉を開業することにする。ここは物語のひとつのターニングポイントだ。

さて、キキが住むべき町だが、これの選択について、キキの出発の前に、母親コキリはこう言っている。

「キキ、くどいようだけど、町はよくえらんでちょうだいよ。店がたくさんあるとか、にぎやかだとか、そういう見た感じで決めるのは考えものよ。大きな町ではみないそがしくって、ほかの人のことなんて考えてるひまのない人ばかりですから。それに、町に着いたらおどおどしちゃだめよ。なるべく笑い顔でね。まず安心してもらうことよ」（P.31）

しかし、キキの選択基準はこれとは正反対だ。

黒猫のジジにたずねられ、キキはこう答える。

「そうねえ、かあさんの町より大きいのがいいな。高い建物があって、動物園があって、汽車が出たり入ったりする駅があってさ。それに遊園地……ジジはどう？」

（P.39）

その結果、キキが選ぶのはコリコという都会だ。コリコの時計台は、まるで天にのぼるはしごのようにそびえている。

これは痛快だ。

おそらく、母親のコキリは小さな町のほうが治安もいいし、人々も親切だろうという憶測で、冒頭に引用したようなことを言ったのだろう。しかし、コキリのその憶測はまちがっている。小さな町のほうが大きな町より治安がいいとはかならずしも言えないし、都会の人間はみな多忙で、他の人のことを考えているひまのない者ばかりだというのも正しくはない。

これもまた日常的に、母娘《おやこ》のあいだでよく見られることだろうが、娘は母親のちょっとしたミスに気づき、そこを突いてくる。意識的に突くとは限らず、無意識的に突くこともあろう。そして、キキはコキリの意見を無視する。

この、親の意見を無視して、その意向にそわないことをする時の快感というのは、多くの人々にとって経験のあることではあるまいか。むろん、それは少年少女期に限らず、子が成長し、おとなになってからでもそういうことがあるのではないだろうか。

キキの場合も、都会を選択したのは、高い建物、動物園、大きな駅、そして遊園地という魅力のある施設があるからというだけではなく、母の意向に反することをする快感があったのだと思われる。キキは、母の町より大きい町がいいのだ。そして、その快感こそが、成長の大きな一歩なのだ。

ここで、キキは母親の支配圏から、地理的にも精神的にも、一歩出る。

『魔女の宅急便』はファンタジーであるだけではない。ファンタジーとしてすぐれていることに、その価値の大部分があるのではない。ひとりの少女の成長を描く教養小説、発展小説としての完成度の高さこそが、この作品を名作たらしめているのだ。

親離れは、少年にとっても、少女にとっても、成長の過程における最重要事である。親離れなき成長はありえない。また、親離れというのは、人生のどこか一時点で起こるのではなく、ある時、ある瞬間から、起こりはじめ、そして、起こりつづける。キキの場合、この町選びがその最初の瞬間だとは言えまいか。

親離れの次に起こるのは、社会化である。これも、一瞬にして完成されるのではない。一進一退を繰り返しつつ、人は社会化していく。社会化のひとつは、社会にとって役立つ者になることだ。役立つことは自己実現の近道だ。

キキにとっての社会化は宅配便の開業に始まる。

キキは、人々の役に立って、そのかわり人々からものを少し分けてもらうことにする。持ちつ持たれつの生活をするために、空飛ぶ運送屋を始める。それには、都会でなければならない。小さな町では、人々は狭い範囲に住んでいるから、住民どうしで何かとどけるにしても、自分でできてしまう。わざわざだれかに依頼する必要は少ない。その点、大都会では違う。人間にはできないことで、唯一魔女として可能な飛行を使って、町の人々に役立つことをするには、宅配便こそがうってつけだ。しかも、翌日配送ではなく、即日配送だ。

母親コキリの意向に反し、意向に反することで一歩親離れし、その次に、航空宅配便を開業することで、キキの社会化は開始する。全十一章、およそ二百六十ページという総量のうち、ここに引用した言葉のある第三章、〈キキ、大きな町におり立つ〉では、およそ四十ページが使われている。もちろん、量が質を決定するわけではないが、各章の平均より六割以上多くのページがさかれているということは、やはりこの章の重要性を表していると言えまいか。

　とはいえ、親離れはいっきには進まない。

　章が改まり、次の第四章、〈キキ、お店をひらく〉で、パン屋の粉置場で開業する宅配便の店は、パン屋のおソノの夫の協力のおかげで、必要なものがそろう。

　ところが、肝心のほうきは？

　キキは、店に入ってきた人がすぐに目につく正面の柱に、母コキリのほうきをさげて、それを見ながら、

（あの細い新しいほうきでなくてよかった。たくさんある心配のうち、ほうきの心配だけは、しなくってすむもの）（P.71）

と思う。しかも、ただ思うのではなく、つくづく思うのだ。

　キキに早く親離れしてほしい読者は、ここで、新しいことを始めるのだから、ちょっと問題があるにしても、自分が作ったほうきに乗ってくれればよかったと、キキ

にそう思ってほしいかもしれない。

しかし、親離れはそうかんたんには進行しないし、高速で進行する親離れは、えてして問題を生じさせる。

ここはこれでいいのだ。というより、こうなっているからこそ、このシーンにリアリティがあるのだ。

ファンタジーに現実性を与えるのは、こういう細部のリアリティである。

そしてまた、このじりじりさせるような紆余曲折《うよきょくせつ》が物語を面白くさせているのだ。

4

言葉のリズム、作り出す距離感、そして呪術性

「あっ、あの、そっ、それ」

「あっ、それ、そ、その……」

顔を見あわせたふたりは、同時にさけびあいました。

「ああ、よかった」

「ああ、うれしい」

ふたりは同時に息をつきました。

「見つかって、よかった」

「見つかって、よかった」

またまた、ふたりは同時にいいました。

「何が?」

「何が?」

ふたりはふしぎそうにききあいました。(P.86)

キキの宅配便の最初の客は近くに住むお針子である。

キキはこのお針子に、黒猫のぬいぐるみを甥《おい》にとどけるように頼まれ、それを運送中に森の上空で落としてしまう。そこで、キキはその身代わりに黒猫のジジをとどけて、落としたぬいぐるみを森にさがしに行く。ぬいぐるみはひとりの女流画家が拾って持っていた。キキは自分とジジが絵のモデルになることを条件に、ぬいぐるみを返してもらい、それをお針子の甥のところに持っていき、ジジを取り返す。そして、ジジとふたりで画家のところに行って、モデルになる、というのが第四章、〈キキ、お店をひらく〉の物語の展開だ。

あずかった荷物を落としたり、ジジに身代わりをさせたりと、事件はスリリングに、そしてスピーディーに進むので、読者はまったく飽きない。しかし、ここではそういう作家の卓越した物語技術を問題にしたいのではない。

引用したのは、キキと画家の対話なのだが、これについて論じる前に、もうひとつ、お針子のせりふについて触れてみたい。それは、

「だけど、あんた、かわいいのねえ。あたし、魔女だっていうから、口から牙はやして、頭に角でもついているのかと思ったわよ」(P.75)

というせりふである。

主語として用いる一人称代名詞について、作家は〈わたし〉と〈あたし〉を、そして、二人称代名詞については、〈あなた〉と〈あんた〉を登場人物によって使い分けている。

たとえば、コキリやキキは自分のことを〈あたし〉と言う。パン屋のおソノは〈わたし〉だ。そして、キキは時に応じて、〈あんた〉と呼ばれたり、〈あなた〉と言われたりする。たとえば、この章では、冒頭に引用した女流画家は自分を〈あたし〉、キキを〈あなた〉と呼ぶ。そして、この女流画家は、英語で言えば人称代名詞二人称所有格の your に相当する語を使う時は〈あなたの〉を使う。

そんなことはどちらでもいいだろう。読者はそんなことに気づきはしないと、そう思うのは大きなまちがいだ。

〈あなた〉と〈あんた〉は大違いだ。たとえば、英語ではいずれも you だから、英語に翻訳すれば、どちらも you になってしまう。しかし、日本語の人称代名詞は欧米語とは比較にならないほど豊かであり、ほんの少しの音の違いが、微妙ではあるが大きな相違を表す。欧米語でも、英語ではなくドイツ語になると、親しいか親しくないか、単数か複数かで二人称代名詞を使い分けるが、それだとて三種類しかない貧弱さなのだ。

〈あなた〉と〈あんた〉では距離感がまるで違う。〈あなた〉より〈あんた〉のほうが距離が近い。初対面であれば、距離は近いはずはないと思われるかもしれない。相手のことを何も知らないのに、相手との距離感が近いはずはない。

ところが、お針子は初対面のキキに、〈あんた〉と言っていて、それが、読者にとって不快などころか、非常に快適で、

「だけど、あんた、かわいいのねえ。あたし、魔女だっていうから、口から牙はやして、頭に角でもついているのかと思ったわよ」

というせりふは、読者をほとんどうっとりさせてしまうほど、耳に快く、なつかしく響く。

とはいえ、それは東京の下町で生まれ育った者だけがそう感じるのかもしれない。なぜなら、このせりふは、昭和中期の東京の下町の若い女性の言葉づかいで言われているからだ。

付け足しに言っておくと、おソノはバターパンを〈バタパン〉と言うが、〈バタパ

ン〉も昭和中期の東京下町の言葉である。

むろん、コリコの町は東京ではない。しかし、コリコの町の人間と人間の距離感はまさに昭和中期の東京の下町の人間と人間の距離感であり、その時代にそこに育った者には、このお針子のせりふひとつで、コリコの町の雰囲気が感じられてしまう。相互の距離感はこのせりふでいっきにちぢまる。また、悪意なく、魔女だというので、口から牙はやし、頭に角でもついているのかと思った、などと失礼なことを言ってはばからないような、そういう雰囲気は、その言葉づかいでこそ十分に伝わるのだ。

ここで、下町のお針子にそういうことを言わせるという作家の技術には、舌をまかざるをえない。

そして、問題は冒頭に引用したせりふのやりとりだ。

これは声に出して読むといっそう良さがわかるのだが、このリズム感の心地良さはどうだろうか。日本語を母語として育つと、五七調はリズミカルに感じる。しかし、ここで七文字になっているのは、

「あっ、それ、そ、その……」

だけで、しかも、これとて、純粋な七文字ではない。

五七調でないにもかかわらず、読みながら心がはずんでくる音の組み合わせがリズム感を出しているのだ。

作品のすばらしさを決めるのは、そこで展開される物語の卓越性だけではない。それは、読んだ時の読みやすさやリズム感があってこそなのだ。

ところで、冒頭にあげたやりとりのあとは、このようになる。

「あたしはその黒猫のぬいぐるみよ」

「あたしはあなた。すてきな黒いドレスの女の子よ」

また同時にとびだしたふたりの声は、途中でぶつかって、こんなふうにきこえました。

「あたしはすてき、その黒猫ドレスの女の子のぬいぐるみ」って。（P.86以下）

この、〈あたしはすてき、その黒猫ドレスの女の子のぬいぐるみ〉という言葉はどうだろう。

ここだけ読めば、あるいはここだけ聞いたら、なんのことかよくわからない。しかし、なんのことかよくわからない言葉でありながら、ここだけを呪文のように何度も唱えると、心に高揚感がわいてくる。

それはなぜだろう。

おそらくそれは、〈あたしはすてき〉と断言してしまう自己肯定感だ。

それから次に、〈黒猫ドレスの女の子〉。いったい黒猫ドレスとはどんなドレスだろう。ドレスであるからには、着ぐるみではなかろう。どこか、猫を暗示する黒いドレスなのだろう。そういうドレスを着た女の子がいて、しかも、そこにあるのはその女の子そのものではなく、その子をかたどったぬいぐるみなのだ。そのぬいぐるみが、

「あたしはすてき」

と言ったとしたら、それはもうファンタスティックとしか言いようがない。

この〈あたしはすてき、その黒猫ドレスの女の子のぬいぐるみ〉という言葉は呪術的であり、暗記しようと思わなくても、頭の中に残ってしまう。そして、言葉が記憶に残るだけではなく、その言葉が繰り返し心に呼び起こす魔術的イメージが、まさに文学的というにふさわしい映像だとは言えまいか。

5

くだかれる幻想

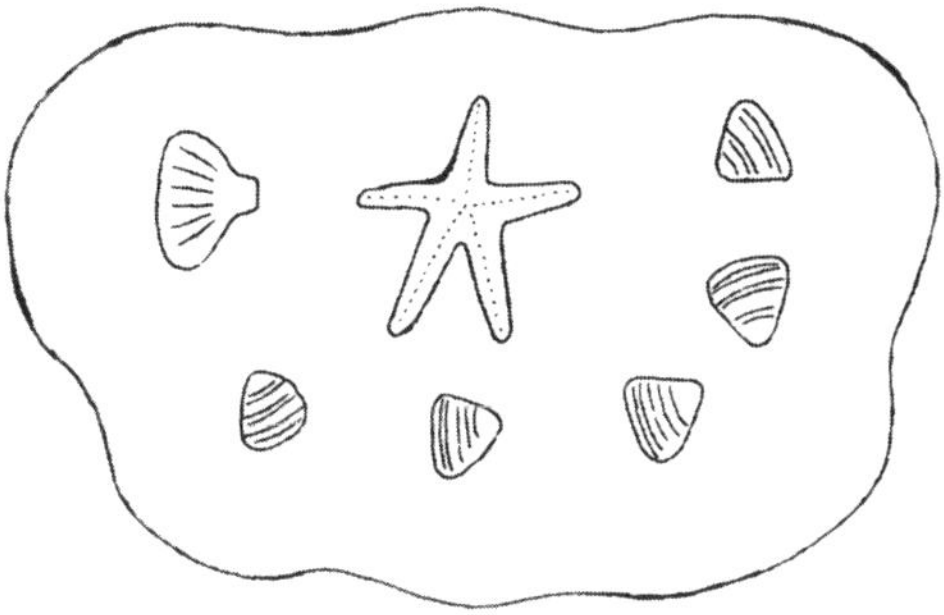

「こどもってかわいいけど、とってもたいへん。おかあさんって、とってもたいへんよ」（Ｐ.１０４）

第四章〈キキ、お店をひらく〉で、キキは客からあずかった荷物を紛失してしまうが、それがまだしも牧歌的な出来事だったと思えるような事件が第五章〈キキ、一大事にあう〉で起こる。

キキはおソノから水着を借りて、海水浴に出かける。だが、天気予報では、〈海坊主風〉という突風の特別警報が出ている。キキはラジオで天気予報を聞くが、それを信じない。浜辺でキキは小さな男の子をつれた女に話しかけられる。冒頭に引用したのは、その女のせりふである。さらにその女はこう言う。

「海にきたときぐらいゆっくりしたいのに……あっ、そう、そうだわ。あなたのそこにいる猫ちゃん、坊やと遊んでくれないかしら。とってもかしこそうな猫ちゃんですもの。そしたらうちの坊やはひとりで遠くに行かないわ」(P.105)

それでキキは、海辺で遊ぶ男の子のところにジジを行かせる。すると、女は腹を下にして浜辺に寝っころがってしまう。

この段階で、読者は男の子とジジが危険に遭遇するであろうことを予感する。

案の定、ジジと男の子は突風で起こった波によって、沖に流されていく。すぐにキキはほうきに乗って救出に向かうが、いつのまにかキキのほうきは別のほうきとすりかえられており、うまく飛行ができない。それでも、なんとかキキは男の子とジジを助けることができる。ほうきをすりかえたのは、〈空とぶ魔女のほうきの研究〉をしているという少年で、その少年は盗んだキキのほうきで丘の上から飛行をこころみ、失敗して、キキのほうきをまっぷたつに折ってしまう。

あらすじだけ書けば、こういうことだ。

ところで、キキに海水浴をすすめるおソノは、生後まもない子がいて、

「こんな小さいのがいるのよ。むり、むり。今年はがまんだわ。そこへいくと、キキはいいわねえ。ほうきでひとっ飛びなんだから」（P.96）

と言って、自分は出かけない。

おソノの子と、ジジに子をあずけてしまう母親の子とでは、年齢が違う。前者は乳児であり、後者は少なくとも浜辺で水遊びができる年齢だ。だから、両者では、手のかかりようが違うと言える。

だが、読者はおソノに、いわゆる〈日本の母〉を見、浜辺の母親に〈母親失格〉の烙印《らくいん》を押したくなるのではないだろうか。

男の子をキキにあずける時、その母親はキキが魔女だということにも気づいておら

ず、したがって、ジジがふつうの猫とは違うことも知らない。それなのに、母親は浜辺で遊ぶ自分の子の面倒を猫に見させてしまうのだ！　しかも、当日は突風の特別警報も出ている。母親は警報のことを知らなかったのかもしれないが、海水浴に子どもをつれていくのに、気象情報に注意していなかったとすれば、すでにその段階で、母親失格だ……と。

この母親に対し、怒りをおぼえる読者もいるに違いない。

なに？　海にきた時ぐらいゆっくりしたいだと？　なに？　子どもが遭難しかけた時、腹ばいになって、浜辺に寝っころがっていただと？　けしからん！　母親としてなってない！　……と。

いったい、作家はここで読者が腹を立てるであろうことを予測していなかったのだろうか。こういう展開にすれば、話が盛り上がって、より面白くなるから、読者がそう思うであろうことにも気づかず、そういう母親を登場させてしまったのだろうか。

むろん、答えは否である。

そのような怒りの基盤になっているのは、伝統的な〈日本の母〉の幻想である。

母親は、子を育てるために、自分を犠牲にして、生活の楽しみはすべてあきらめるべきである、という道徳基準は、富国強兵策のために明治政府が作りあげたものだ。富国強兵の基盤は人口増加であり、そのために、〈産めよ増やせよ〉が求められる。したがって、女は母となって、自分を犠牲にし、たくさん子を産んで、それを育てて、人口を増やさねばならない。

いつか、気づかぬうちに、この富国強兵のための道徳基準から〈べき〉が取れて、そのかわりに〈ものである〉がつく。〈母親は、子を育てるために、自分を犠牲にして、生活の楽しみはすべてあきらめるものである〉となる。つまり、母親が子どもを育てるために自分を犠牲にし、生活の楽しみはすべてあきらめるのがふつうだとなってくるのだ。

〈べきだ〉に違反しているうちは不道徳というだけで、人間性まで否定されない。しかし、〈ものである〉に違反すれば、〈ものでない〉になり、存在を否定される。さらに、母親は、子を育てるために、自分を犠牲にして、生活の楽しみはすべてあきらめるものであるにもかかわらず、そう思わなかったり、それに抵触するような考えを持つだけでも、不謹慎のそしりをまぬかれない。

「こどもってかわいいけど、とってもたいへん。おかあさんって、とってもたいへんよ」

などとは言ってはいけないし、思うことすら不謹慎なのだ。

しかし、現実はどうだろうか。程度の差こそあれ、多くの母親がそう思っているのではなかろうか。思ってはいるが、それを言ってしまえば、

「それなら、子どもを作らなければよかったではないか」

と反論されるかもしれない。だから、母親たちは、このせりふからまず〈けど〉を取り、後半を削除して、

「こどもってかわいい」

とだけ言っておけば無難なのだ。

だが、〈母親は、子を育てるために、自分を犠牲にして、生活の楽しみはすべてあきらめるものである〉は幻想である。幻想を現実と勘違いして、楽しみをあきらめていない母親を非難しても、物事は解決しない。

子は母の犠牲的精神では、少なくとも、母ひとりの犠牲的精神では育たない。よく、

「子どもの教育は母親にまかせている」

などと言ってはばからない父親がいるが、言語道断である。

それでは、母親と父親がいれば、それだけで子は育つかといえば、そうではない。社会の関心と協力が必要であり、母が、いや、両親が社会にそれを求めるのは恥ずかしいことでもなんでもなく、当然のことだ。将来、子どもたちが社会の担い手になっていくにもかかわらず、自分の子ではないから知らない、などとは言えないだろう。

浜辺で母親が猫に子どもの面倒を見てもらうというのは、母が育児の一端を社会に求めていることの象徴的表現である。読者はそう受け止めるべきで、なに？　海にきた時ぐらいゆっくりしたいだと？　なに？　子どもが遭難しかけた時、腹ばいになって、浜辺に寝っころがっていただと？　けしからん！　母親としてなってない！　……などと憤るのはまちがいである。

むろん、この浜辺の母のような母親ではなく、自己犠牲的に子を育てている母親もいるだろうし、そういう母親を否定するわけではない。しかし、一方において自己犠牲的な母親がいるとしても、そうでない母親もいるのだ。そんな母親はだめだといくら声高に叫んでも、物事は解決しない。

〈海にきたときぐらいゆっくりしたいのに……〉と思っている母親はたくさんいるの

だ。それなら、その周辺にいる人間はどうするのがよいのか。このシーンはそれを読者に考えさせる。

あることに気づいていない読者をまず憤らせ、しかるのちに考えさせ、幻想をくだく。そして、憤りのまちがいに気づかせるのは、文学的にはふつうの手法だが、その手法が卓越しているために、大抵の読者はあっけなくこの罠《わな》にはまってしまう。

しかしまた、その罠にはまり、うっかりその母親に対して憤りを感じてしまうのも、それにつづく緊張感あふれるシーンを経て、ああ、よかったとほっとするという、いわば読書の楽しみを増大させる効果があるかもしれない。

まず憤らせ、次に緊張させ、そして、最後にほっと安心させるという作家の罠にはまるのも悪くないかもしれない。そこで、緊張と安心をもたらすシーンを、少し長くなるが、ここに引用しておこう。

キキは砂の上にとって返し、ほうきをもちあげました。

そのとたん、キキはまっ青になりました。いつのまにかほうきがちがっているのです。あの使いなれたかあさんのほうきとは、似ても似つかない、安っぽいほうきに変わっていたのです。

こんなたいせつなときに、なんということでしょう。さわぎにまぎれて、だれかがとりかえていったのでしょうか、それとも目をつぶっていい気持になっていたときか。キキの胸ははげしく鳴りだしました。どうしよう!

とにかく、考えているひまはありません。キキは大いそぎでほうきにまたがると、飛びあがりました。でも、飛びあがったと思ったとたん、がくんとつんのめって、柄の先を水につけてしまいました。

「あーっ」

集まった人から、がっかりしたような声があがりました。

キキはあわてて柄を上にむけると、こんどは房のほうがどぶんと水に入ってしまいます。とたんにほうきは水を吸って重くなり、よたっよたっと浜辺のほうにおりようとします。キキがいっしょうけんめい方向を変えようとすると、そっくり返ったり、つんのめったり、あばれ馬みたいにいうことをききません。そのあいだにも、坊やとジジは流されていきます。

キキは必死で飛びました。水に入ったり、はねあがったりして、やっとのことで坊やのところまで追いつくと、ほうきに腹ばいになって、手をのばしました。坊やは泣きわめいているので、なかなかつかまりません。やっと海水パンツに手をかけて、ひっぱりあげました。つづいて、ジジのしっぽをつかんでひきあげました。そのとたんに大きな波がおそいかかり、まるい浮きぶくろはくるくるまわりながら、すごいはやさで沖に流されていきました。

水辺の人たちはいっせいにとびあがって、よろこびの声をあげました。

（P.107以下）

この第五章、〈キキ、一大事にあう〉はこの救出劇で終わりではない。このあと、キキはほうきをすりかえた犯人をつきとめる。犯人の少年はキキのほうきを使って飛ぼうとし、ほうきをこわしてしまっている。

あやまる少年に、キキは……。

「しかたないわ」

キキはかすれた声でやっといいました。いやだっていってもしょうがないもの、と思いながら、あふれてきそうななみだを、胸の中におしもどしました。

「あたし、自分でほうきつくることにする。前にもつくったことあるから、たぶん、だいじょうぶよ。はじめっから、このほうきみたいにいくとは思わないけど……なんとか乗りこなしてみせるわよ」（P.116以下）

このせりふは、文字どおり命がけで小さな男の子を荒海から救出したあとだけに、説得力が大きい。

キキはこの章で人命救助という、これまでにない大仕事をし、さらに、ほうきを盗んでこわした犯人を許すという寛容さを見せ、しかも、母のほうきでない新しいほうきを作り、それで飛行するという決意をする。

この章で、キキは大きく成長する。この章は、ただ面白いというだけではなく、読者に考える機会を与え、そして、成長という、教養小説としての必須条件を満たす、非常に重要な章なのである。

それからキキの成長を示すものとして、ひとつつけくわえることがあるとすれば、それはキキが使っていたほうきをこわして、使いものにならなくするのは異性たる少年であり、その少年のせいで、あるいは、その少年のおかげで、キキは新しいほうきを作らざるをえなくなる、あるいは、作る機会を与えられるということである。ここに読者は、キキのパートナーが母から異性に移行する前ぶれを見るだろう。

6

止まりつつ進化する
キキの精神と日常

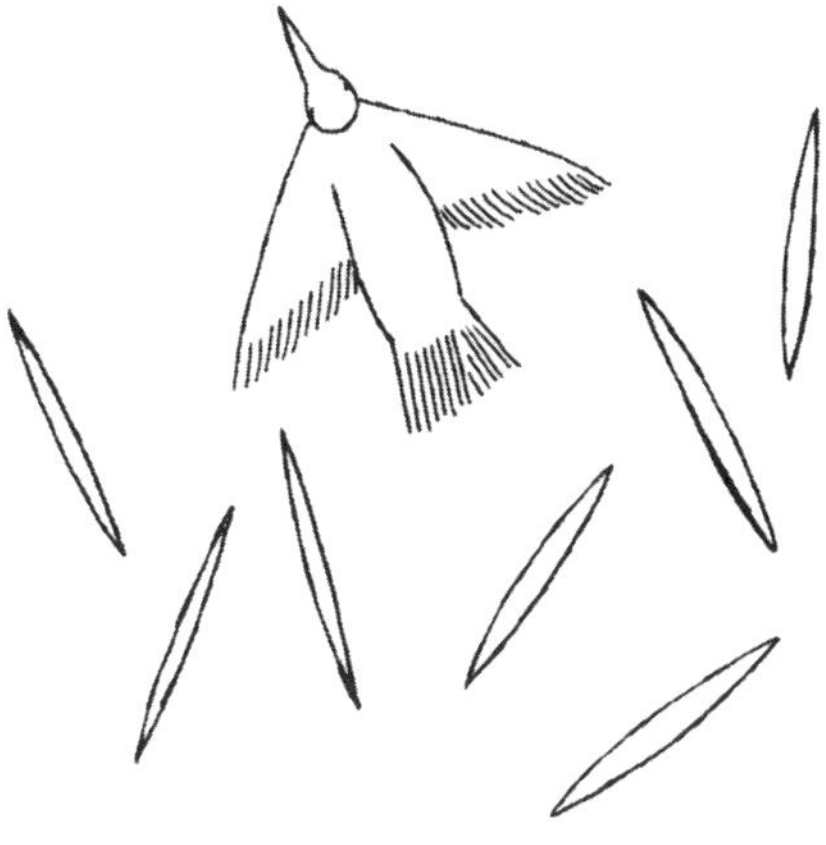

「かあさんとはんぶん、はんぶん」

キキはひとりごとをいって、首をすくめました。これを機会に、思いきってぜんぶ新しくしてみようかと考えないわけではありませんでした。でも、かあさんのほうきの房には、安心がたくさんのこっているような気がして、どうしてもすててしまう気になれなかったのでした。（P.118）

心の発達は一朝一夕にはいかない。

キキはこわれたほうきにかわるほうきを作らねばならないことになるが、ここで、キキは今まで使っていた母親のほうきの房を再利用することにする。

当然のことながら、これについての読者の感情は一様ではない。

一方においては、いつまでも母親の作ったものにこだわってないで、さっさと全部自作してほしいと思う読者もいるだろう。だが、それは薄情というものであり、柄は使えなくなったとしても、房がまだ使えるなら、使ってほしいと願う読者のほうが多いのではないだろうか。また、十三歳という、中学一年に該当する年齢の少女なら、たぶん、キキのようにするだろう。

特異な少女であっても、特異でない部分では、ごくふつうの一般的な少女がとるような行動を主人公にとらせることにより、読者の共感を呼ぶことができる。すべてにおいて秀でており、成長の早いスーパーガールでは、読者は自分自身を主人公に寄り添わせにくいのだ。

ともあれ、ほうきができあがると、キキは仕事を再開する。森の画家がキキとジジをモデルにして描いた絵を展覧会場に運ぶ仕事だ。

この段階ではまだ、キキは新しいほうきを乗りこなせていない。森から展覧会場に絵を運べるか、不安である。

そこに登場するのが、キキのほうきをこわしてしまった少年、とんぼである。とんぼはキキに、〈お散歩方式〉という新技術を提案する。いくつもの水素ガス風船を絵の額にくくりつけ、その結び目に太い紐《ひも》をつけて、それを牽引《けんいん》して飛行するという方法だ。つまり、空中に浮いた絵を紐で引っぱっていくということで、これが成功し、キキは無事に絵を展覧会場に運ぶことができる。〈お散歩方式〉という名は、犬に散歩をさせているような形に由来する。

絵の運搬の成功により、キキは画家に店の看板を描いてもらうが、それよりも副次的な効果のほうが大きかった。〈お散歩方式〉は飛行船によるコマーシャルと同じ効果をもたらし、キキの宅配商売が町のすみずみまで知れわたる。

さて、ここで話は少しさかのぼるが、絵画の運搬の前に、キキは新しいほうきで飛行訓練をするのだが、そのようすはこのように描かれている。

「いずれにしろ、あたしが自分で乗りこなさなくちゃいけないのよね」

乗るたびに目がまわるような思いをさせられながら、それでもキキは、あきらめずに飛びつづけました。

このほうきはどちらかというと、かあさんの房のほうがずっと元気がよくて、すぐあばれ馬のようにおしりがはねあがってしまうのです。それで、キキがつまずいてころびかけてるような……また、ただいまさかだちの練習中というような……へんなかっこうになってしまうのです。（P.119）

キキのこのけなげなようすに、読者はキキを応援せずにいられないだろう。

しかし、このように飛行がうまくいかないのは、ひょっとして母親のほうきの房を使っているからなのではないだろうか。むろん、もし、自作の新しい房なら、もっとうまく飛べただろうということではない。乗りにくさの原因は、新しい柄と古い房の葛藤にあるとは言えまいか。それは、形のあるほうき部品どうしの葛藤ではなく、実は、自立と母への依存という、キキの内心の葛藤を表しているのだ。親離れの最中にある少年少女のようすは、まさに〈ただいまさかだちの練習中というような〉状況にある。

ここで、キキの対母親関係での自立が象徴的に描かれた直後、作品は、

でも、世の中とは……おかしなものです。キキがひや汗をかきかき、こんな姿で飛んでいると、前よりずっと、町の人が声をかけてくれるようになったのです。

「おや、おや、だいじょうぶ？」

「このごろどうしたの、風邪でもひいたの？」

「おしりが軽くなったのかしら」

「落ちるときはじょうずに落ちなさいよ」（P.119以下）

とつづく。

ここに書かれているせりふに、性的な含みを感じ取る読者もいるかもしれない。しかし、ここではそのことより、特殊能力者に対する世間の反応の変化に着目したい。

このあと、作品はこうつづく。


また、こんなふうにいう人もありました。

「なんだか安心したわ。前のように黒いとがった線みたいに飛んでいるのを見るとね、いかにも悪い魔女みたいに見えちゃうのよねえ」（P.120）

ドイツ語に、ルーエシュテーラー（Ruhestörer）という言葉がある。これは、ふつうは、平和を乱す人とか、安眠妨害者という意味に使われる。これが女性だと、ルーエシュテーレリン（Ruhestörerin）となる。元来良い意味ではない。しかし、芸術家をそのようにとらえる見方がある。

平穏無事に暮らしている一般人から見ると、芸術家はえてして、平和を乱す者であり、安眠妨害者である。キキは芸術家とは言えないだろうが、飛行するということにより、しかも魔女という理由で、このルーエシュテーレリンである。

しかし、そのルーエシュテーレリンが失敗することによって、一般人は安心し、今度は親しみを持つようになる。実生活によくある、このような現象が、ここではたくみに表現されており、作品全体のリアリティを増大させている。このような、一見なんでもないようなシーンが作品全体の質を向上させる。

何度も言うが、『魔女の宅急便』というファンタジー作品は、リアリズムに立脚しているのだ。

文学、特に児童文学では、ひとつの章で起こることはひとつの時間帯での出来事のことが多い。しかし、この第六章、〈キキ、ちょっといらいらする〉では、まだ、キキがいらいらするようなことは起こっておらず、この章の中で、

暑かった夏もすぎ、まわりはすこしずつ、秋の景色に変わろうとしていました。（P.129）

となる。そして、キキの精神状態といえば、

が、キキはこのところ、ちょっとごきげんななめでした。これといった理由もないのに、なにかいらいらしてくるのです。（P.129）

というふうなのだ。
このいらいらの原因は、とんぼに言われた言葉にある。それは、こういう言葉だ。

「キキってさ、空を飛ぶせいかな、さばさばしてて、ぼく、気らくでいいや。女の子っていう気がしないもんな。なんでも話せるし」（P.130）

たしかに、こう言われたら、少女はいらいらするだろう。すべての少女がそうだとは言えないとしても、多くの少女は、

「女の子っていう気がしない」

と言われれば、いらいらするに違いない。

男性の側から見ると、どうしてこの少年はこういうことを言ってしまうのかなと、溜息《ためいき》が出そうになる。

しかも、交際状態に入るかもしれない少女に、

「ぼく、気らくでいいや」

とは何をかいわんやである。

おまえ、女性に対して気楽さを求めているのかと、憤りたくなる男性読者も多いだろう。しかし、相手の少女を好きなくせに、こういうことを言ってしまう少年は多い

のだろう。だからこそ、読者、特に少女の読者はここでキキに共感できるのだ。

キキは、心がもやもやし、スリッパが片方なくなったことで、ジジにあたるのだが、そんな折、キキは〈まにあわせ屋さん〉の老婆に呼ばれ、洗濯物を干す手伝いをしたあと、ビスケットをその老婆の姉に運ぶ。

ほうきの破壊と製作という事件のあと、キキはキキの日常に戻っていく。

7

ふたつの困難、ふたつの詩

おたんじょう日　おめでとう
声をだしていいたいわ
でもなぜか　あとずさり
おたんじょう日　おめでとう
目をみていいたいわ
でもなぜか　あとずさり
贈りものをおわたししたいわ
あたしの手から　あなたの手へ
でもなぜか　あとずさり
おいわいで　心いっぱいなのに
どうしても　あとずさり（P.160）

おたんじょう日　おめでとう
声をだしていいたいわ
でもなぜなぜ　あとずさり
おたんじょう日　おめでとう
目をみていいたいわ
でもなぜなぜ　あとずさり
おそろいの贈りもの　銀色の万年筆
あたしの手から　あなたの手へ
でもなぜなぜ　かくれんぼ
おいわいで　心いっぱいなのに
どうしても　かくれんぼ（P.165）

このふたつの詩が出てくるのは、第七章、〈キキ、ひとの秘密をのぞく〉である。

このふたつの詩のできばえはどうだろう。ひとつ目とふたつ目では、どちらがいいだろう。

詩の好みは人により千差万別で、同じ人でも、読む時によって評価が変わるかもしれない。ここではまず、ふたつの詩の評価については後に論ずることにして、第七章の展開を見てみよう。

この章では、台風の中で人命救助をするとか、重いものを運ぶとか、そういう物理的にダイナミックなことは起こらない。キキが運ぶのは一通の手紙と、誕生日祝いの万年筆である。言ってみれば、手紙と万年筆をとどけるだけのことなのだ。しかし、キキはここで大きな困難に遭遇する。

依頼者の少女の外見はこのように描かれている。


くるくるとまるまったこい茶色の髪がやさしく顔をつつみ、うすいピンクのセーターがよくにあっています。細い足には、ひざまでの白いブーツが光っていました。キキには女の子の姿が、まるで空中に浮いているようにまぶしく見えました。（P.１４５）

キキはこの少女から手紙と誕生日祝いの万年筆をあずかり、それをひとりの少年にとどける。その手紙の中には、ここに引用したふたつの詩のうちの最初の詩が書かれている。というより、その詩が手紙の全文だ。手紙には差出人の名はなく、少女はキキにも自分の名を言わない。それは、相手の男の子に、プレゼントの主がだれなのか、さがしあててほしいからだ。

キキは、自分と同じくらいの年の、この少女のおとなっぽさに対抗意識を持つ。また、この少女のキキに対する言葉は、たとえば、

「あなたわかんない？　こんな気持？」（P.１４８）

とか、

「魔女ってきいていたけど、何も知らないのね。同じぐらいの女の子はみんな、そういうことして遊ぶものだって思ってるの？」（P.１４８）

というように、挑発的だ。

このような、おとなびた少女がどんな詩を書くのか、それも男の子に宛ててどんな詩を書くのか、キキは好奇心をおさえきれない。

これが、この仕事をめぐるキキの第一の困難だ。キキはこの困難を克服できない。キキは手紙を開封し、この手紙を読んでしまう。

そして、次の瞬間、第二の困難におちいる。

キキはこの手紙を運ぶ途中、公園に着陸し、イチョウの木の下に座って、手紙を開封して読んでしまうのだが、読みおわり、手紙を封筒に戻そうとした瞬間、風が吹き、手紙は吹き飛ばされ、川に落ち、流れていってしまう。

現実の宅配便業者にとっても、荷物の紛失は一大事だ。川の水に流されてしまうなど、あってはならないことだろう。

しょんぼりするキキに、ジジは詩の偽造をすすめる。そして、ジジの協力で捏造《ねつぞう》したのが、引用したふたつ目の詩だ。キキはあずかった万年筆でこの詩を木の葉に書き、封筒に入れて、相手の少年にとどける。

キキはふたつ目の困難を詩の偽造できりぬける。

あずかった手紙を開封して読んでしまうことも、紛失したその手紙を偽造してしまうことも、悪いことには違いない。悪いことではあるが、おそらく、多くの読者にとって、ここは、そういうことはある、と逆に共感するところではないだろうか。いわば、マイナスの感情の共感ではある。そして、たぶん、読者はここでキキを嫌悪せず、ますますキキに心を寄せてしまうのだろう。

しかし、それで物語はもちろん終わらない。

その三日後、少女はキキを訪れ、少年が贈り物の主を、つまり自分を見つけたことを報告する。そこで、キキは自分のしたことを少女に告白し、

「ごめんなさい。でも詩はね、ちゃんと思い出して書いたつもりよ。あなたがお店にきたとき、あたしと同じ年なのにあんまりきれいだったし、それになんでも知ってるみたいだし……そんな女の子って、どんなこと書くのか知りたくって……がまんできなかったの。ゆるしてね」（P.170）

と謝罪する。

するると、少女も、キキがおとなっぽく、きれいに見え、負けられない気になってし

まったと告白し、謝罪する。

このエピソードはおさまるところにおさまって、それはそれでいいのだが、ここにひとつの疑問が生じる。

少年が読んだのはキキが偽造したものなのだ。もし、本物の詩を読んだとしたら、どうだったのだろうか。

詩の中身だけではない。少年は少女に、

「君、落ち葉とは、考えたね。すてきな思いつきだね」（P.１６８）

と言っている。つまり、落ち葉に書かれた詩ということでも、少年は評価しているのだ。

しかし、これがもとの、つまり本物の詩で、紙に書かれたものであったとしても、結果は同じだっただろう。少年は手紙の主をさがしあて、プレゼントは成功したことだろう。そういうことにしておこう。

そこで、冒頭のふたつの詩に戻ろう。

ふたつの詩は十一行の詩の六行目までほぼ同じだ。相違は七行目に始まる。

七行目で、〈贈りものをおわたししたいわ〉は〈おそろいの贈りもの　銀色の万年筆〉に変わる。

贈り物をわたしたいのは、贈り物が手紙と同時にとどくのだから、言わずもがなだ。それが、贈り主が持っているものとおそろいであることが大事なのではなかろうか。同じものを持っていることを相手に伝えることが大切なのではなかろうか。そして、銀色という色彩が入ることによって、文字どおり詩に彩《あや》が生まれる。さらにこれ以降、〈あとずさり〉が〈かくれんぼ〉に変わる。これは、キキが何度も〈あとずさり〉が出てくるのを気にし、ジジの意見を入れて、〈かくれんぼ〉にするのだ。〈あとずさり〉がよいか、〈かくれんぼ〉がよいか。その判定は人によるだろうが、〈かくれんぼ〉のほうが少女の気持ちをよく表しているように思えてならない。

8

緊張の緩和

「そこであなたにおねがいってわけよ。せがれの船はテテ号っていう白いぽんぽん船なのよ。このごろじゃ、あたしと同じようにおばあちゃんになっちゃってね、ぽんぽんなんていう元気なくてさ、ぽかんぽかんってあくびみたいな音させて、煙だしてるけど……この船にね、たいせつなお役目はたせるように、この腹まきとどけてやってほしいのよ。せがれにはちゃんといっといたから。……大川ぞいにさがしていってくださいな、すぐわかると思うけど。ほんとうにいうことききかないせがれで、手間のかかることったら」（P.182）

連続するいくつかのエピソードからなる長編の物語においては、通常、エピソードのならびは時系列に沿っている。とりわけその傾向は児童文学では強いと思われる。べつに児童文学は子どもだけが読むわけではないが、読者として第一義的に想定されるのは子どもである。そして、ひとくちに子どもといっても、読解力はさまざまだが、やはり時系列に沿って物語が展開したほうがわかりやすいに違いない。『魔女の宅急便』もまた、エピソードは時系列に沿っている。しかし、ただエピソードが時系列に沿っていればそれでよいというものでは、もとよりない。

ひとつひとつのエピソードには、緊張感の大きさの違いがある。緊張度の高いエピソードが何話もつづいては、読者は疲れてしまい、かえって緊張は長つづきしない。むろん、長編の物語では、読者が一気《いっき》呵成《かせい》に最初から最後まで読んでしまうことは少なく、何日かに分けて読むのだろうが、だからといって、緊張度の高いエピソードがいくつも連続すれば、やはり疲労してしまうものだ。

ここで疲労というのは、読書という行為による疲労ではなく、物語の世界にいることで生じる疲労のことだから、数章読んでその日はやめ、また次の日にその先を読むにしても、緊張ばかりしいる作品では、猛烈な読書好きの読者でもなければ、読者は疲れてしまうし、場合によっては、緊張していることに飽きてしまうのだ。

ついでに言っておくと、児童文学の場合、第一義的には読者として子どもを想定していて、小学生を想定している場合、一般的には低学年、中学年、高学年の三段階に分けて、児童書は出版される。だからといって、おもに低学年の児童が読者として想定されているとしても、おとなはむろん、中学年や高学年の児童がそれを読んでも、いっこうにかまわない。低学年想定というのは、正確に言えば、低学年以上想定ということだ。近年特に、幼児教育がさかんになって、二歳、三歳で数字やひらがなを読める子がいるようで、そういう子たちが自分で本を読んでもよいだろう。

しかし、しかしである。作家は、どの年齢の読者を想定しようが、それは自由で、好きにすればいいのだが、読書好きの少年少女を読者として想定してはならない。読書に慣れていて、たいして面白くもないシーンが何十ページもつづいても、苦にならないような、そういう読者を想定して書くのはまちがいである。これは、はっきり断言できる。そういう態度はまちがっている。

もし、そういう本を読書慣れしていない少年少女が読んだら、どうなるか？　その本をつまらないと思うだけではない。二度、三度、そういう本に連続してめぐりあえば、否、場合によっては、一度で懲りて、本嫌いになってしまう可能性が非常に高い。児童文学作家が少年少女を読書嫌いにしてどうするのだ。

小学生たちは、自分で選んだ本を読むばかりではない。保護者や教師にすすめられて読むこともある。かててくわえて、我が国には、本は、一度読みはじめたら、最後まで読まないといけないというような誤謬《ごびゅう》に満ちた奇妙な道徳観があり、それを押しつけられている少年少女は多い。つまらない本、よくわからない本を最後まで読まねばならない苦痛はいかばかりであろうか。

どうして、いったん読みはじめたら、最後まで読まねばならないのだろう？　理由がわからない。もし、これがテレビ番組だったら、どうだろう？　いったん見はじめたら、番組が終わるまで見ていなければならないのだろうか。

読書は教育に役立つからか？　そうかもしれない。教育であれば、多少のがまんはしかたがないかもしれない。しかし、読書は、特に物語を読むことは、教育的効果があるとしても、それ以前に娯楽なのだ。つまらない娯楽に付き合わねばならない義理は、少年少女にはない。まあ、ときには、祖父母が買ってくれた本だから、最後まで読んで、面白かったという感想を祖父母に言わねばならないこともある。そういうことができることも、ある年齢になれば必要だろう。だが、そういうことはたまににしてほしい。

横道はこれくらいにして、本論に戻ろう。

ここで、キキがコリコの町に到着してから、第八章、〈キキ、船長さんのなやみを解決する〉にいたるまでの物語をふりかえってみよう。

コリコの町についてすぐ、キキは忘れ物の赤ん坊のおしゃぶりを母親にとどける。それがきっかけで、キキは宅配便を始めることになるのだが、第四章、〈キキ、お店をひらく〉でとどけるのは、猫のぬいぐるみだ。しかし、キキは運送の途中、これを森に落としてしまう。ここで、物語世界の緊張感は高まる。ジジを身代わりにする作戦もスリルがある。

そのあとが前半の山場とも言える第五章、〈キキ、一大事にあう〉の人命救助だ。なにしろ人命に関わることで、一刻を争うことであるから、緊張感は最高値に達する。

物語の緊張感をグラフにするとしたら、右肩上がりのグラフができるだろう。

そして、第六章で運ぶものはキキとジジをモデルにした絵である。どのようにして運ぶのかが物語の焦点となるが、どんな絵にせよ人命よりは軽い。ここで、緊張感のグラフの線はさがっていく。さらに、この章では洗濯物を干す手伝いをするが、空から洗濯物を落としても、道路に落ちて交通事故を誘発させない限り、ただ洗い直せばよいだけだ。とはいえ、洗濯物のかかったロープを空中高く引っぱりあげるシーンは面白い。

次に宅配便の荷物としてあずかるものはビスケットである。緊張感はここでさらにさがる。

だがしかし、この緊張感の低下は、読者を休憩させるためでもあり、次にくる第七章、〈キキ、ひとの秘密をのぞく〉で急激に高まる緊張感を準備するためのものだと言える。あずかった手紙を開封して読み、しかもその手紙をなくしてしまう。ここでキキはふたつの困難におちいる。

読者によっては、ここの緊張感のほうが人命救助の緊張感より高いかもしれない。じっさい、前半のクライマックスを第五章とするか第七章とするかは、人によって違ってくるだろう。

いずれにせよ、ここで再び高まった緊張感は次で一度さげねばならない。それが、

第八章、〈キキ、船長さんのなやみを解決する〉だ。

ここで運ぶものは腹まきだ。大きな腹まきなので、キキは象の腹まきかと思って、依頼人の老婆にたずねると、老婆は、

「いいえ、これはせがれのよ」（P.181）

と言って、腹まきを息子の船に運んでもらう事情を話す。

なにしろ、運ぶものは腹まきなのだ。多少大きめであったにしても、さほどのむずかしさはない。言ってみれば、読者は最初からゆったりと、安心した気分で先を読んでいける。

ところで、依頼人の老婆は腹まき信奉者で、どんな人間にも、それどころか、どんなものにも、腹まきをまかせたがる。老婆の家の中にあるものは、電話もコーヒーカップも、ポットも、薬瓶も、やかんや魔法瓶、さらに茶筒も長靴も植木鉢も杖《つえ》にも、毛糸の腹まきがまかれている。その異常さは、緊張こそ高めないとしても、面白い。

ともあれ、キキはテテ号に腹まきをとどけるのだが、冒頭に引用した部分に、作家は罠《わな》をしかけてあり、読者は、キキが運ぶ腹まきは老婆の息子、テテ号の船長用のも

のだと思い込む。

冒頭の引用部で、老婆はそれが息子が腹にまくものだとは、ひとことも言っていないが、文脈からはそうとれる。しかし、その腹まきは、老婆がテテ号の煙突に着けるために作ったものだったのだ。船長はすでに腹まきをしているし、船長だけではなく、船員たちもみな腹まきをまいている。

老婆はどんなものにも腹まきを着けさせたがるのだし、テテ号が老朽化していて元気がないとも言っている。だから、その腹まきがテテ号の煙突用だったと言われれば、ああ、そういうことだったのかと読者は納得するし、いわば、だまされて面白がれるのである。この章には、そういう工夫がほどこされているのだ。

ときに、テテ号は高級ワインを運搬中で、船長はじめ船員たちはみな、ワインの瓶どうしがぶつからないように気をくばっている。そこで、キキは、

「みなさんの腹まきをとって、ぶどう酒のびんのほうに、はめたらいかがでしょう。それなら、みなさんのおなかがやせて働きよくなるし、びんはぶつからないし、ぶどう酒はまずくならないし」（P.191）

と提案する。

船長はその提案を受け入れ、船長も船員たちも腹まきから解放され、ワインの瓶は互いにぶつかっても大丈夫になる。そして、キキが運んできた大きな腹まきは、老婆の思いどおり、テテ号の煙突にはめられる。

キキは任務完了で引きあげるが、この話には、翌日、船員たちが集団冷え腹病にかかるということと、ワインのとどけ先で、ワインが腹まきをまいたまま売られ、好評を博するというおまけがつく。

そうはいっても、全体としてこのエピソードは事件性が低く、前章で高まった緊張感はさがる。しかし、緊張感をさげつつ、オチのある面白い話がここに入っているというだけではない。

この章でキキは、ほとんど同時にいくつかの問題を解決する。船長たちを腹まきから解放し、彼らの腹まきをワインの瓶の緩衝材にする。これは非常に合理的な行動だ。しかし、合理性だけで人間社会は成り立っているのではない。船の煙突に毛糸でできたものをかぶせるというのは、まったく不合理などころか、過熱という悪影響も出かねない。

しかし、キキは船長との別れぎわにこう言う。

「あっ、わすれてた、この煙突用腹まき。そうだわ、一つだけでもおばあちゃんのいいつけ守って、着せてあげたらどうでしょう」（P.192）

船長はしぶしぶながら、反面ほっとしたような顔でこれを承諾する。

キキは、あちら立てればこちら立たずの状況に、バランスのよい提案をするのだ。バランス感覚は、社会で生きていくうえで、なくてはならない。そういう感覚をキキは得ていく。

さらにこの章には、教養小説として大事な人間の発達がもうひとつ、もり込まれている。

キキはこう言う。

「おばあさん、あたしにもあみものおしえてください。あたし、いろんなことできるようになりたいんです」（P.193）

ここにいたって、キキの目は飛行や宅配とは別の、あらたな技術獲得に向く。ある技術を獲得し、それにより精神的にも発達するというのは、現実の日常生活でよく見られる。

キキが編み物を習いたいという動機は、両親に腹まきを作りたいということで、この動機はたしかに親離れということとは逆行しているかもしれない。しかし、発達というのは、いっきに多方面にわたってベクトル線がのびていくものではない。いわば、出っぱったり、引っ込んだりしながら、人間は成長していくのだ。この章では、そのあたりのこともよく表現されていると言えるだろう。

9

矜_{きょう}持_じ

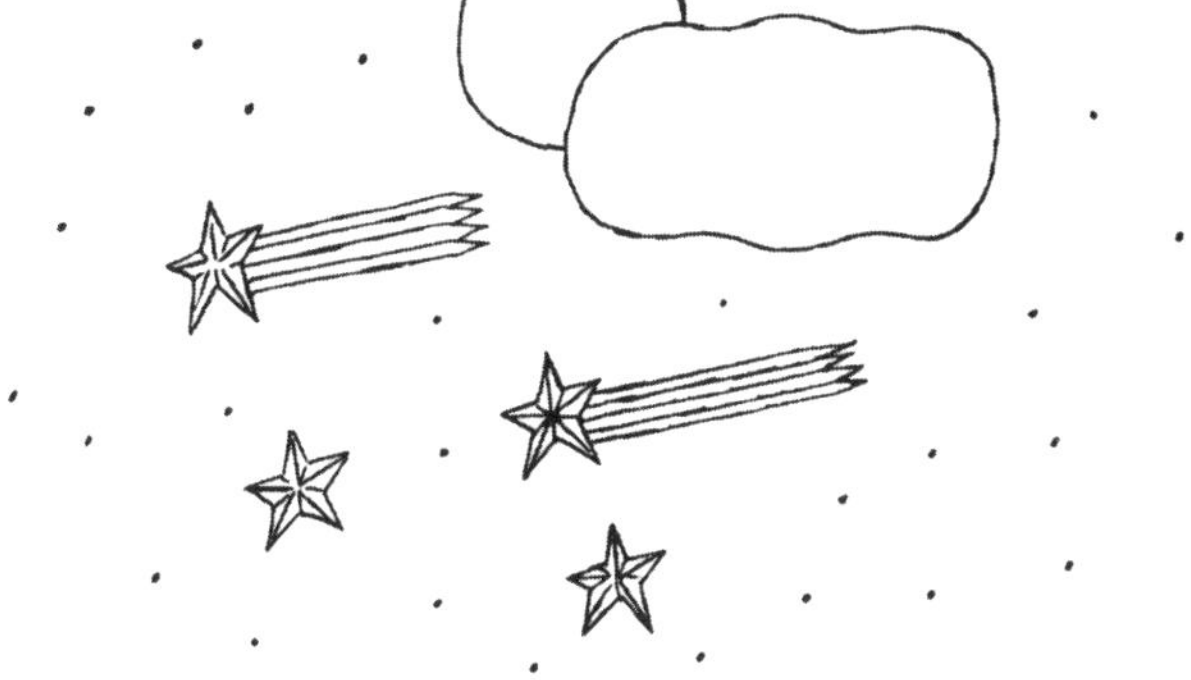

「じつは、この時計のいちばん大きな歯車がこわれてな……西へ三つ山こえて、そのむこうの町の……しっけいしてきてくれんかね……ムニャムニャ、超特急で……ななな」（P.206）

第九章、〈キキ、お正月を運ぶ〉で、キキは大晦日《おおみそか》を迎える。場所は故郷ではなく、コリコの町だ。

おソノによると、コリコでは、大晦日の夜に役所の時計が十二回鳴ると、それを合図に町の人々はいっせいにマラソンをするという習慣があり、それは町の大事な行事だということなのだ。それで、時計の音を聞きのがさないように、

「耳をすましましょう」

というのが、大晦日の挨拶になっているとのこと。

もし、ふつうの人がどこかの町に住むようになって、その町にそういう習慣があったとしたら、どうするだろう。

「まあ、そういうことなの。あたしも走っていいのかしら」(P.198)
と言う人は、そう多くはあるまい。しかし、キキはそう言う。
コリコの町に住んで、町の人々とうまくやっていくためには、それが正しい。
町の人々のこの祝祭的な行事には、役所の時計が十二回鳴ることが必要だ。時計は

高い塔の上にあり、その高さゆえに、大抵は雲にかくれて見えないし、そうでなくても、見あげると首がいたくなるので、人々はあまり見ない。その時計の年に一度の大仕事が大晦日の夜に十二回鳴ることなのだ。

しかし、この時計が故障する。

それを知った町長はひそかに時計屋を呼び、修理を依頼する。だが、時計屋はこわれた歯車にかわる歯車を持っていない。手元にないだけではなく、店にもない。注文しても五十三日かかるという。したがって、大切な大晦日の夜に、時計はならない。

これに窮した町長は、時計屋にすすめられ、キキを呼ぶ。その時の町長のせりふが冒頭の言葉だ。

西へ三つ山をこえたところにある町に、同じ時計があるから、それを盗んでこいと、町長はキキに窃盗を教唆しているのだ。

これに対し、キキは、十二時になったら、町長がヨーイドンと言って、手をたたけばすむだろうと言うのだが、町長はそれを拒絶して、こう言う。

もしれない。それはわからないが、少なくとも、自分ならなんとかできると思っているはずだ。

キキは手ぶらで帰り、町長と時計屋にこう言いはなつ。

「だいじょうぶです。あたしは魔女よ。ちゃんとやれるわ」(P.211)

もし、これが歌舞伎なら、大向こうから声がかかるところだ。

この瞬間、キキは市長と時計屋というふたりのおとなを凌駕《りょうが》する。

キキがとった方法はこうだ。

キキは、一気に町はずれまで行き、すばやくまわれ右するやいなや、もっと速度をあげて、時計めがけて突進していきました。そして、時計にぶつかりそうなくらいすれすれに近づいたとき、長い針を両手でぐっとつかむと、いきおいに乗って、文字盤の上をまわりはじめました。またたくまに一回転と二十四分。二つの針はみごとに十二のところでかさなりました。(P.211)

これで、時計は十二回鳴る。

キキの知恵と行動力で町の習慣は守られる。

キキは自分とジジがふたりで、お正月を運んできたのだと、誇り高く言う。

正月を運んできた！

キキのなしたことを、これ以上的確に表現できる言葉はないだろう。

大荒業で仕事をなしとげたキキが自分の腕時計を見ると、しかし、まだ十二時五分前だった。キキは思わず吹きだし、体をよじって笑いつづける。

ここがまた痛快なのだ。

歌舞伎なら、ここでまた大向こうから声がかかるだろう。

五分の誤差など、なんでもないことだ。五分早まろうが遅れようが、そんなことはどうでもいいという余裕がキキに生まれている。

ここでもやはり、ひと仕事終えたあとの成長が見られるのだ。

後日、おソノはキキにこう言う。

「時計台の時計屋さんがね、みんなに話して歩いているらしいのよ。キキは、こわれた歯車をすぐに直して、あの十二時にまにあわせたって……あんな魔法を使う魔女が、ひとりくらいこの町にいるとたすかるって。あたしも鼻が高いわ、前からそう思ってたんですからね」（P.215）

時計屋がどういう角度でキキの離れ業を見ていたか、それはつまびらかにされてはいない。しかし、時計屋は、本当にキキが時計の歯車をなおしたと思っているのだろうか。歯車はこわれたままで、時計はそれ以降動いていないはずなのだ。時計屋はそれを知っているのではないか。だとすれば、時計屋はいわば嘘《うそ》を言いふらしていることになる。

しかし、そんなことはたぶん、キキにとってはどうでもいいのだ。

時計屋自身は、キキに窃盗を教唆してはいない。町長が教唆しているところにいただけだ。しかし、町長を止めることはせず、キキがよその町に飛んでいくにまかせている。

だが、キキはそんなこともすでに、どうでもよくなっているのだろう。

キキにとって重要なのは、町長や時計屋やおソノや町の人々がどう思うかではない。

「だいじょうぶです。あたしは魔女よ。ちゃんとやれるわ」

と宣言し、そのとおりにしたことによる充足感と矜持が大事なのだ。町の人々の評価など、もはや取るにたらないことになっている。他人が自分を認めることも成長には必要ではある。しかし、他人に認められることが成長の目的ではない。人生のそれぞれの時点で、自分が自分を肯定でき、さらに次に進む決意ができることが成長の果実だ。

この章で物語はひとまず終わってもいいと、私は思う。

しかし、たぶん、読者たちはさらにダイナミックな行動をキキに期待するだろう。

物語はここでは終わらない。

10

溜飲《りゅういん》をさげ、華やかに物語は終わる

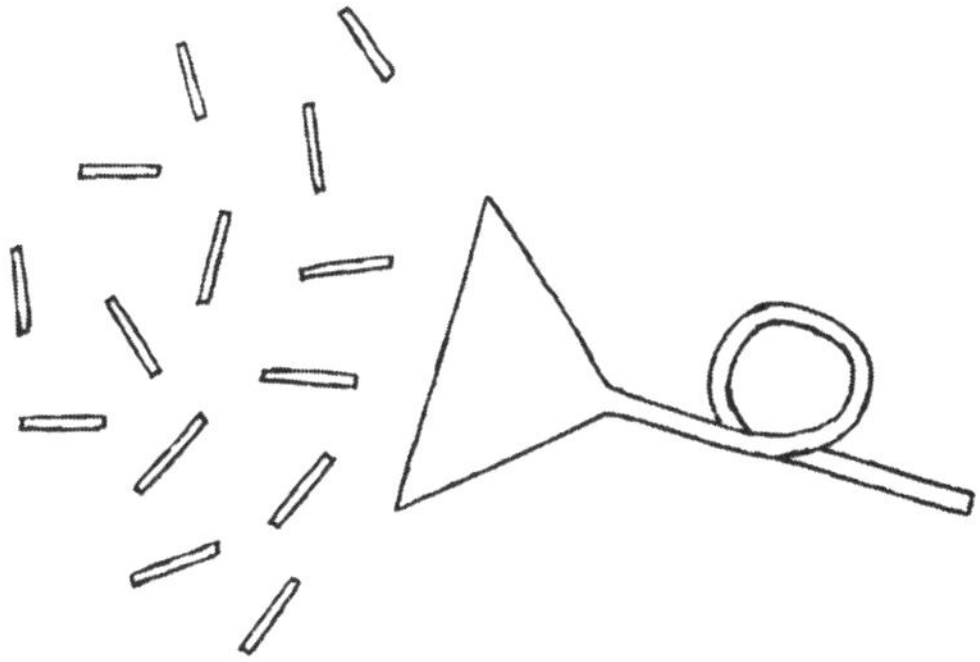

「とんでもない。そんじょそこいらの楽器でまにあわすような、そんじょそこらの音楽家じゃないんです、われわれは。風がふいても鳴るようなへぼ楽器で、演奏ができますか」（P.220）

第十章、〈キキ、春の音を運ぶ〉で、キキは猛スピードで走行する急行列車の最後尾の車両から、八つの楽器を運び出し、駅に持ち帰るという仕事をする。楽器は、午後にコリコの町の野外音楽堂で音楽会をすることになっている八人の楽士たちのもので、コリコの駅で荷物係が列車からおろしわすれたものだ。

キキはどこかから楽器を借りてきて、それで演奏することを提案するが、それを拒否した楽士の言葉がここに引用したせりふだ。

キキは危険と困難を乗りこえ、ジジとのチームワークで列車から楽器を運び出すのだが、その方法について、最後尾の荷物が積まれた車両の中でキキはジジにこう説明する。

「ジジ、あなた、バイオリン一つぐらいなら持てるでしょ。あたしもこのチェロ持つから、あとのラッパは大きい順に首かざりみたいにつないで、ほうきからつりさげたらどうかしら。そこにある荷物のひもを、すこしずつもらってさ」

（P.226）

そして、この方法でキキは楽器を空中に運び出して、町に戻ってくるのだが、キキが列車から飛び出すと、外に出て風にあたったとたん、ラッパがかってに鳴りだす。キキとジジはほうきの上で、それぞれチェロとバイオリンを鳴らす。このようすはこう描かれている。

「ふふふ、空ではね、いろんなことが起こるのよ。これ、ちょっとすてきでしょ」キキは得意になって、かかえたチェロをひきはじめました。ジジもバイオリンの弦を爪でひっかいて鳴らしました。ふたりとも楽器をひくなんてはじめてのことです。だからほんとうはきしきしきしきんきんした音です。歯がいたくなりそうなひどい音です。ラッパだって、風にふかれて、気まぐれに鳴っているのです。ぶたの鳴き声やいびきみたいな音です。でも、南のほうからふいてくる風にまざると、楽しそうにはずんできこえるのでした。キキはおもしろくなって、右に飛び、左へ飛び、一気にのぼったり、ぐーんとおりたりしていろいろ音をためしてみながら、コリコの町へむかいました。（P.227）

こうして遠くから聞こえてくる音に、野外音楽堂に集まっていた客は拍手をして、キキを迎える。しかも、客たちはこれを楽士が計画したアトラクションだと誤解し、音楽会は終わったものと思って、帰りがけに楽士にこう言う。

「すばらしい音楽をありがとう。かわいい魔女さんにたのんで、空から音楽を送ってくださるなんて、ほんとうにいい思いつきですね。またぜひ、きてくださいよ」（P.233以下）

置き去りにされる楽士たちはなすすべもなく、口をあけて溜息《ためいき》をつくしかない。

この楽士たちは、駅長に楽士と紹介されると、

「いや、楽士ではない。音楽家だ」（P.218）

などと言うような、いやみな連中である。空からの楽器の音だけ聞いて、楽士たちの演奏を聞かずに帰ってしまう町の人々に、読者は溜飲をさげることだろう。

楽士たちの楽器はまさに、風が吹いても鳴るようなへぼ楽器だったということになる。

この第十章、〈キキ、春の音を運ぶ〉の見どころ、いや、読みどころは、

やがて、ポーポーと汽笛が鳴り、列車が姿を現わしました。キキはほうきの柄を下にむけ、おりる準備にかかりました。（P.２２３）

から、

「さ、行くわよ。それっ」
キキは大きな声をはりあげて、あいたままだった列車の扉から飛びだしました。ひっぱられて、つぎつぎラッパも飛びあがりました。（P.２２７）

にいたるまでの数ページにわたる、生き生きとしたアクションシーンである。

いやな奴《やつ》の鼻をあかし、華やかに物語を終えるためには、この章は必要なのだろう。本一巻分の成長はすでに、前章でキキはなしとげてはいるが……。

11

垣根をこえる女

「かあさん、あたしちょっと考えたんだけどね、魔女はね、ほうきにばかり乗って飛んでちゃいけないんじゃないかって思うのよ。そりゃ、おとどけものはいそぐから、飛ぶのはしかたがないけど……でもときどきは歩いたほうがいいんじゃないかしら。だってほら、歩くといろんな人といやでも話すことになるじゃない？　おソノさんに会えたのも歩いていたからだし……あのとき悲しまぎれに飛んでたら、どうなってたかわからないもの。反対にむこうだって、魔女を近くで見れば、鼻がとんがって口がさけてるんじゃないってわかるでしょ。それにお話もできるし、おたがいわかりあえると思うの……」（P.252）

〈キキ、里帰りする〉というタイトルどおり、キキは第十一章で帰郷する。キキは十日の予定でコリコを出発するが、故郷にはその半分の五日ほどしかとどまらず、コリコに戻ってくる。

キキは故郷に帰ってしばらくは、子どもの頃にすっかりかえってすごす。そのようすについて、母親のコキリは、

「かんたんにもどっちゃうものね。ま、いいでしょ、一年と十三年のちがいだもの」（P.253）

と言って笑う。

この笑いには、何やら勝利感めいたものが感じられはしまいか。

だが、そんな日は五日ほどしかつづかない。だんだんキキはコリコの町のことが気になってくるのだ。

それに、店はどうなっているでしょうか。電話が鳴っているかもしれません。つぎ

つぎ気になって、ここが自分の生まれた町だというのに、なんだか遊びにきているようでおちつかないのです。コリコの町にはたったの一年暮らしただけなのに、キキには自分の気持がふしぎに思えるほどでした。（P.254）

〈去る者は日々に疎し。来たる者は日々に親しむ〉というが、まさにそのとおりのことが起こっているだけで、特にここに目新しいことはない。

キキの成長からすれば、ここに意外性はなく、まあ、そういうことになるだろうと、十分予測できることである。ここでは、いかにも起こりそうなことが起こったというだけだ。

だからといって、これは書かずもがなのことだというわけでは、まったくない。意外性がなくても、ここは作品にとって必要なところだ。読者は作品に意外性ばかりを求めるわけではなく、予想したことが予想どおりに起こることも求めている。たしかにそれはそのとおりだろうと、読者は納得したいところもある。したがって、最終章にこのシーンを持ってくるのは理にかなっている。

しかし、着目すべきはそこではなく、冒頭に引用した部分なのだ。

ここを読んで、最初に頭に浮かんだのは、ドイツの作家、E・T・A・ホフマンの〈天国にのぼる梯子《はしご》は、あとからだれでものぼれるように、地上にしっかりと固定しておかねばならない〉という言葉だ。これは、作家のこころがけとして述べられたのだが、魔女としてのキキの生き方にもあてはまるのではなかろうか。

物語は架空である。架空とは空中に〈架け渡す〉ことである。ほうきで飛行することはまさにこの架空であり、〈垣根をこえる女〉として、つねに垣根の片側にいてはならず、魔女は垣根をこえて、こちらと向こう、向こうとこちらを何度も往復することが魔女の本分なのだと、みずからの経験をとおして、キキは気づいたのだ。そして、それに気づいたことが、キキの最大の成長なのだ。

話ができれば、お互いすべてわかりあえるということでもなかろう。しかし、話をすれば、相手への理解がいくらかは深まる。そして、このいくらか深まるということが大事で、いくらかの積み重ねが深い理解につながっていくのだと思う。

魔女に限らず、垣根をこえなければ、相互理解もなにもあったものではない。自分の世界ばかりにとじこもってばかりもいられない。

作家は、自分の世界にとじこもり、心に浮かんだよしなきことをそこはかと書きつられていればいいのだから、気楽なものだ、と思われるかもしれない。だが、そうではないのだ。いや、そうでもあるが、そうでもないのだ。

現実生活をしっかり見すえていなければ、というより、現実生活がどういうものか理解してこそ、想像世界は豊かになる。それには、社会生活をきちんとしていき、いくらかでも社会のために何かをなしていくことが必要だ。

魔女もまた、人間社会に馴染《なじ》んでこそ、そして、人間社会に役に立ってこそ、魔女としての発達と発展が可能となり、いわば教養ある魔女になっていけるのだ。

おわりに

図書館ではなく、書店の本棚に本が、しかも、文庫ではなく、ハードカバーの本が三十年以上ならびつづけるのはむずかしい。さらにまた、小学校低学年向けとされる本より、高学年向けとされている本のほうが、たぶん、よりむずかしいだろう。『魔女の宅急便』はそういう数少ない本の中の一冊だ。

三十年以上ならびつづけられたことには、むろん理由があるはずで、その理由を探ることが本書の目的であった。換言すれば、『魔女の宅急便』の魅力がどこにあるのかを見つけることが目的であった。

章ごとに物語を追いながら、こうして書き終えて、あとはタイトルをつけるだけという段になり、その目的は十分ではないにせよ、ある程度は達成できたと思う。

ときに、日本の場合、よく本に帯がかけられる。私がテキストとして使わせていただいた『魔女の宅急便』初版第八十四刷にも帯がかかっており、そこには、

〈キキの物語は、あなたの物語。〉

と書かれている。

結局はそういうことだったのだ。

現実社会に生きる〈あなた〉、つまり読者、とりわけ少女の読者にとって、このファンタジーはとてもリアルであり、だからこそ、キキの物語が自分の物語となる。しかも、その物語空間は卓越した技術によって構築されている。

『魔女の宅急便』は、少しも古臭くなることなく読みつがれてきたし、これからも読まれていくのだろう。

キキは、その時その時の読者とともに生きつづける。

対談

角野《かどの》栄子《えいこ》・斉藤《さいとう》洋《ひろし》

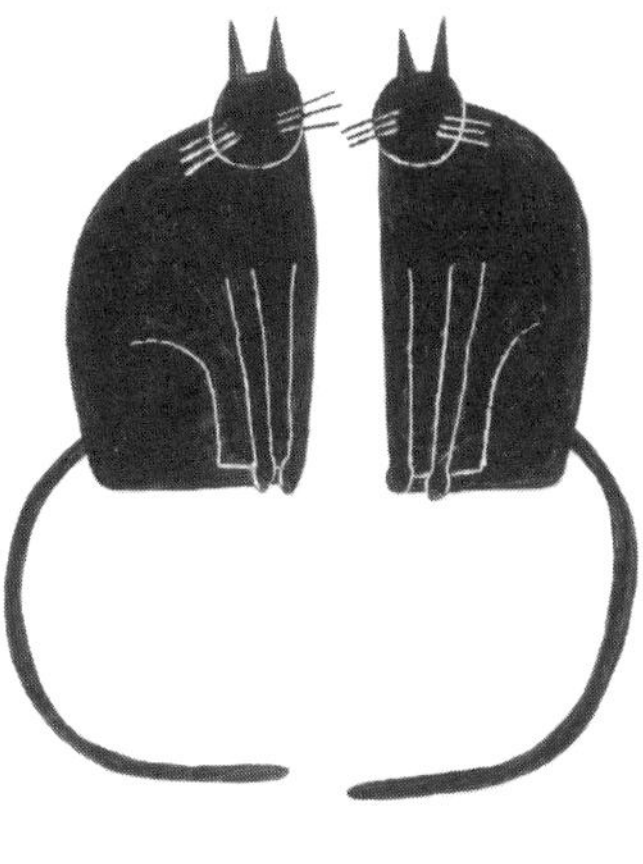

インタビューの前に

角野栄子という作家に興味があった。これがすべての始まりだ。いつから興味があったかと言えば、正確な日時はおぼえてないが、私が『ルドルフとイッパイアッテナ』でデビューしてから、それほど年月が経《た》ったあとではない。

場所は小豆島《しょうどしま》だったと思う。広い部屋にばらばらと人がいて、壁際に角野栄子がいた。私は反対側の壁の近くにおり、

〈あれが角野栄子かあ……〉

などと思いながら、なんだか怖そうだから、近づくのはよすことにしていたら、目が合ってしまった。

目が合っただけではなく、手を振りだした。

私の背後は壁だからだれもいない。左右に目をやったが、近くに人はいない。角野栄子が手を振っている相手は私にちがいなかった。

それでも、私は自分で自分を指さし、〈私ですか？〉のサインを送ると、角野栄子

は大きくうなずいた。

その時の私の心の反応をひとことで言えば、〈えーっ！〉である。率直に言うと、あんまりうれしくない。

近くに行ったら、

「斉藤さん。あなた、ちょっと新人賞取ったくらいで、生意気じゃない？」

と言われると思ったのだ。

しかし、目と目が合っただけではなく、迂闊《うかつ》にも、自分かどうか指で確認までしてしまった以上、そのまましらばっくれるわけにもいかない。

前門の角野栄子、後門の壁というか、ほとんど無理矢理背水の陣状態で、もう行くしかないと覚悟を決めたら、向こうから歩いてくるではないか。生意気だと言われたら、左右どちらかに逃げればいいと思った。すると、近くに来た角野栄子はこう言った。

「斉藤さん。あなた……、」

と、ここまでは予想どおり。しかし、そのあとが違った。次の言葉は、

「寒くない？」

だった。

「え？」

と聞き返して、寒いかどうか考えたうえで、

「少し寒いです」

と答えると、角野栄子は、

「じゃあ、これ、あげる」

と言って、私にカイロをくれた。

それが、角野栄子との出会いである。

なぜ、角野栄子が私の名はともかく、顔まで知っていたか、それはわからない。

そのあと、何度も何度も角野栄子に会ったわけではなく、NHKの仕事を紹介してもらったり、私が勤務している大学に講演にきてもらったりしていたのだが、ひさかたぶりに折があって、『魔女の宅急便』を読み直してみたら、なんだか気になって、会って、ちゃんと話を聞きたくなった。

それで、インタビューという形になったのだが、べつに私はルポライターでもないし、インタビューなどしたことはないので、やり方はよくわからない。だから、形は

インタビューでも、ただ話を聞きに行ったというのが実情である。
と、そういうわけで、私は講談社の編集者に付き合ってもらって、出かけていき、角野栄子と話をしてきた。それが、このインタビューです。

斉藤　洋

※敬称略

斉藤　私と角野栄子先生は、なんだか深い縁があるような気がします。まず、生まれ育ったのが江戸川区の小岩。

角野　育った年代はちょっとずれていますけれどね。

斉藤　そして、それぞれの代表作で、「黒猫」が大きな役割を演じている。『魔女の宅急便』のジジと……。

角野　『ルドルフとイッパイアッテナ』のルドルフ。

斉藤　はい。私はあまり、文壇とかに興味がないタイプだけど、そういう共通点もあって、角野栄子は特別な作家。だから、読者は唐突に感じるかもしれないけど、私にとって、角野栄子とその作品について考察することは、必然性があるんです。

そんな親しみがあることもあって、他の人であればちょっとはばかられるようなことも、遠慮なく質問させていただきます。

角野　お手柔らかにお願いします。

キキのお母さんのこと

斉藤　さっそく、『魔女の宅急便』について言わせていただきます。この作品にはいろんな柱があるんですけど、私には「母娘《おやこ》関係」というのが非常に大きな柱に見えるんですね。

角野　キキとお母さんの関係っていうこと？

斉藤　はい。それで、あくまで私の感想ですけど、キキのお母さんっていうのはね、理想的な母親像とはちょっと違うんですよね。

角野　そうかしら？

斉藤　たとえばね、キキが、ひとり立ちの日をなかなか決心しない。そうすると、早くしろ早くしろって、こう言うんですね。で、キキが次の満月の日に行くってって言うと、今度は「そんな早くなくてもいいじゃないか」って。

角野　キキのお母さんを悪者にしようとしてませんか？（笑）　キキのお母さんは魔女ですが、同時にいいお母さんであるとも、私は思っていますよ。キキの旅立ちについても、意地悪しているわけじゃなくて、そうやって心が揺れ動くものじゃないかしら、人って。娘を愛していればいるほどね。

斉藤　なるほど。あともう一点。あのほうきのことなんですけども、ほうきをキキは自分で作ったやつを持っていくという時に、お母さんが、反対して、自分の使っているのを持たせる。これもちょっと気になる点です。

角野　それはね、母親っていうのはひじょうに保守的になったり、ひじょうに進歩的になったりね、理屈と情を、行ったり来たりするものなんです。ある時は頭で考えて言葉を発する、ある時は可愛《かわい》さのあまり感情的になって、理屈にならないことを言ったりするんですよ。

斉藤　キキのお母さんは魔女だけど、理屈にならないことを言ってしまったりするような、ふつうの母親の側面もあるんですね。

角野　そうね。親としたら、夜、子どもの寝顔を見ながら、あんなこと言わなきゃよかったとか、しょっちゅう思うものだから。

斉藤　たしかに、それは親にとっての日常ですよね。そうすると、コキリの本心としては、キキの旅立ちを応援したかったんでしょうか？

角野　もちろん。魔女として一人前になってもらいたい。だけど、離れてしまうのはつらい。それでも、覚悟はできてたんだけど、ひじょうに急だった。もう少し別れの時に、何かいろんなことをしゃべったりしたかったんだと思うけど。

斉藤　コキリの自分のほうきを使いなさいという主張には、使い込んでいて、飛び方も心得ているからという合理的な理由もあります。キキは「ほうきを替えなさい」って言われた時に、最終的には従いますよね。

角野　そんなに素直でもないけれどね。でも、その時、お父さんが助け舟出すでしょう。ちゃんと飛べるようになった時に、自分で作りなさい。それまでは、お母さんの支えみたいなものをもらいながら、新しい町へ行きなさい――と、そういう意味なんですよ。

新しい自分の発見

斉藤　私の『ルドルフ』は、基本的に猫の成長の物語なんです。それに対して、キキがほうきを替えることを受け入れてしまうっていうところを、同じ作家として考えると、角野先生は『魔女の宅急便』で成長物語を書こうとしているわけじゃないんだな、と思う。

角野　特にそういうつもりはなかったですね。正面切って、これはこういう物語です、とは、私は言わないので。でも、物語のつづきを書くっていうことは、自然に成長というか、変化はしていくでしょうね。
『魔女の宅急便』の一巻目は一年で終わっていて、最後に、またあの町に行って暮らそうかなと思って、彼女は戻っていくことにするでしょ。そうすると、読者は当然、二年目を期待するわけですよ。それで、ああ、二年目も書きたいなって。私も好きな主人公だったから。もちろん自分の書くものはみんな好きなんだけれども、特に可愛さみたいなものを感じてたから。だから、二年目、二巻目を書いたんですね。

斉藤　いわゆる少女の成長物語を意識したわけじゃないと。

角野　当然、月日が経てば、人は大きくなりますからね。背も大きくなるし、心もいろいろ変化していくし。成長物語という意識はなくても、その変化を書いていくのは面白いと思いますよ。一巻の最後で、キキがお母さんに、町中を歩いて人と話すのも面白いよって言う、その一行だけで、私はいいと思ってるんです。

斉藤　お母さんは飛ぶことをとても重要視している人だった。でも、キキは飛ばなくても新しい発見があることに気づいたんですね。

角野　お母さんは、飛ぶことを重要視しているというよりも、魔法を大切にしていたんです。想像力から魔法は生まれてくる、と私は思ってるので。斉藤さんは、キキとお母さんを仲たがいさせたいようなところがありそうね（笑）、念のために言っておくと、キキは、お母さんに反抗して言っているわけではないですからね。純粋に、自分は、こういう発見をしたんだよ、っていう気持ち。お母さんのほうも、当然そのことはわかっているはずです。お互いを信頼してるから。

斉藤　それはそうですね。ただ一方で、古い魔女と新しい魔女の関係というか、飛ぶようなことに非常に重みを置く立場と、そうじゃなくて、地上を歩くっていうことにも意味があるんだっていう立場の対立みたいなものはあるんじゃないかと思ったのですが……ね。

角野　どうしても意味をふたつに分けたいのねえ（笑）。対立とか……。飛んで発見があり、歩いても発見がある。だれにとっても日々発見があるのですから、私は限りなく人間に近い魔女を書いてるわけです。

斉藤　魔女と人間には、飛べる飛べないの違いしかないくらいの?

角野　空は飛べるけど、限りなく人間に近い感受性を持ってるわけなの。だから、人と歩いてしゃべるのも、今までしてなかったわけじゃないけれども、生まれてから今まで。そばにお母さんがいっしょにいたわけでしょ?　だけど、ひとりでやってみると、案外新しい発見がある、ということだけなのよ。たまには歩いてみるのもいいんだよって。

斉藤　角野先生としては、キキは飛ぶことを否定したわけじゃなくて、あくまでもプラスアルファであると。

角野　プラスアルファかな……、ちょっと付け足すのではなくて、これも……という気持ちなんだけどね。否定とか肯定とか決める必要はないし、それを作者が書くと読む人が自由に読めなくなるわよ。だから、たまには散歩したり、走ったりね、ぶらぶら歩きしたり、それと同じっていう感じ。そうすると、違った心の動き方があるのよ。だって、イチニ、イチニって歩く時の鼓動と、走っている時の鼓動と、あっちのウインドウ見て、こっちのウインドウ見てぶらぶら歩く時の鼓動では、全然違うじゃないですか。

斉藤　それはそうですね。

角野　それで、キキはひとりで暮らすようになって、そういう新しい自分を発見したっていうこと。この年頃の子はだれでも、そういう経験をすると思うわ。

キキが海を見たかった理由

斉藤　よく、田舎から東京に出てきて、ものの見方が変わると言いますよね。それは、歩くのは歩くのでも、景色が変わりますから、田舎と。

角野　『魔女の宅急便』が映画になった時に、宮崎駿《みやざきはやお》監督や鈴木敏夫《すずきとしお》プロデューサーがおっしゃったのは、東京に出てきた若い人たちが都会に馴染《なじ》めなくて、落ち込んだりなんかする。そういうのと、キキがこれから町に出て暮らすっていうことがシンクロして面白いって。

斉藤　そういう受け取り方もたしかにあるでしょうね。

角野　もちろん、そんなふうに意図して書いたわけじゃないけれど、ブラジルにいた時、そういう経験してるわけですよ。それが無意識に出てきたということはあるかもしれないわね。

斉藤　たとえば長野県から東京に出てくるのと、日本からブラジルへ行くのとは格段の差があるけれども。

角野　距離は相当違うけれども、でも、違うところに行くっていうことでは、気持ち的には同じ。だって、みんな、相手は人間なんだから。それはね、ちょっと大変かもしれないわよ、ブラジルのほうが。生活習慣も違えば、いろいろ違うから。

斉藤　言葉もありますしね。

角野　だけど、それと馴染んでいくっていう気持ちは、コリコの町とも似てるかな。

斉藤　キキが育ったのは山の中ですよね。そこから海辺の町に引っ越していく。山と海の違いっていうのは、角野先生の中で意味はありますか。

角野　魔女っていうのは森と深く関わっていると思う。魚を獲《と》って魔女になったわけじゃない。やっぱり森の木々の変化、季節の変化、そういうのから命っていうものを感じていくわけですよ。そもそも、魔女っていうのは北のほう、山のほうから出てきた人たちだろうと思うのね。

斉藤　なるほど、そんな感じがしますよね。

角野　だけど、魔女と言われなくても、魔女と同じような心根を持っている人は、南の国であろうが、ブラジルの田舎であろうが、いるのよ。薬草を煮込んで作るとか、典型的なことをする魔女でなくても、それはもう世界中にね、魔女的な人、魔女みたいな仕事をしている人はいると思う。

斉藤　日本にだっていますよね。

角野　ブラジルにもいるし、きっとフィリピンとかタイとか、ああいうところにもいると思うの。民間療法っていうのにも深くつながってる。

斉藤　それはもう、地域に関係なく。

角野　だから、それは置いといて、どうして森から、海のほうに行きたいかって言ったら、シンプルに、まだ見てないからよ。海を見たことがないからよ。

斉藤　それじゃ、キキのお母さんはなぜそう思わなかったんだろう?

角野　それは私も知りません。個人の好みの問題ですから。あなたは、ずいぶんお母さんにこだわるわね（笑）。お母さんは、山に来て、お父さんと会って、いいなと思って結婚したかもわからないし、それはスピンオフの問題ですね。私はキキのストーリーを書いているのだから。

斉藤　それはそうです。じゃあ、お母さんがなぜ山に行こうと思ったかは、作家として意識してなかったたってことですね。

角野　そうね、たまたまそこの風景がよかったからかもしれないし、たまたまそこの人たちにリンゴをひとつもらったのがとてもよかったからかもしれないし、ちょっとしたきっかけでそこに住みついてしまったのかもしれない。そうしたら、お父さんと会って結婚したのかもしれない。それか、もしかしたら、どこかにおばあちゃんがいたかもしれない。おばあちゃんはお弁当を腐らせない魔法を知ってたわ、って言うわけだから、お母さんは。

斉藤　キキとお母さんの関係に限らず、時代として、魔法というものはだんだん先細っていくものなのかな。

角野　そうそう、それはそうですよ、今の世の中。暗いところがないっていうことは、みんな見える世界のほうが多くなっているわけ。想像で、暗い中に何かいろいろ想像するっていうことは少なくなっていくでしょう。

斉藤　われわれの小さい頃は、暗闇がもっと身近でしたよね。

角野　私の家なんかは、お手洗いがあって、男便所と、奥に戸があって、女の人が座る、ふつうのお手洗いがあるわけね。そのあいだに、電球がひとつついている。

斉藤　明かりが両方に行くように。昔はそうでしたよね。

角野　しかも、小さな電球で、そんな大きなものじゃない。だから、夜、お手洗いが怖いし、それから、夜起きたら廊下の隅は怖いし、廊下の電気はついてないし、もうみんな消して寝るわけですからね。だから、それはもう本当に怖いことをいろいろ想像しますよね。あそこに何がいるだろうとか、何かに手を摑《つか》まれるんじゃないかしらとか、子どもはいろいろ想像するけど、今、お手洗いを怖がる子どもたちはあまりいないでしょう。

斉藤　今でもやっぱり子どもはトイレは怖いんじゃないかな？　われわれが感じたような恐怖感はないと思うけども。

角野　それは、違った意味の恐怖感だと思うのね。
斉藤　原始的な恐怖ではないかもね。

ケケのこと

斉藤　『魔女の宅急便』の、他の登場人物についてなんですが、私は三巻目に出てくる、別のちっちゃな魔女のケケ、あれはひじょうに魅力のある少女で、好きなんです。
角野　私もね、魅力は感じてます。彼女についてのスピンオフを今書いているんです。
斉藤　そうなんですか。ドイツの文学に「静けさを破る人たち」っていう言葉がありましてね。それは、平穏な生活をしているところに入ってきて、いろんなものを破壊していく、それがある種の芸術家なんだっていう考え方。ケケには、そんな雰囲気がある。
角野　ケケはそういう性格を持っているかもしれないけど、私は寂しい心を持った少女として書きました。でもあなたの話を聞いて、ドイツのお祭りのことを思い出しました。冬と春の境目の時に、城壁の向こうに住んでいる目に見えない人たちを、城壁の内側に招き入れるんです。人々はいつも、その人たちの力を信じていて、その力をないがしろにしてはいけない。彼らの存在をリスペクトして、祭りのあいだ、いっしょに楽しもうと城壁の扉をあけるのです。

斉藤　日本の文化でいうと、いわゆる「まれびと」っていうやつですよね。

角野　どこからか来る人ではなくて、何と言うのかしら、人がだれでも持っている自然への畏敬の念、それを祭りの中で見える形で表そうとしているのだと思う。

斉藤　ドイツの場合は、それは「向こう側」に住んでいるものなのだけど。

角野　そう、その向こうにね。見えない世界にね。そのものたちは意外と力を持っていて、その人たちの力があるから、豊かな実りもある、という気持ちだと思う。

斉藤　昔のドイツは三百くらいに分かれていて、ほとんど行き来はなかった。

角野　城壁があるっていうことも大きいわね。イタリアだってそうだけど、町を囲む城壁があったんだから。その城壁の向こうは、夜はまったくの闇。その中に大きな力を感じていたのね。

斉藤　それで、そのケケなんですけど、わりとズバズバと物事を言うところが面白いですね。おソノさんだって、結局キキがいるのが自分にとって都合がいいのよ、みたいなこととか。これまた個人的な感想ですけど、キキの周りにいるおとなたちって、ちょっと大丈夫？　っていうところもあったりするんですよね。

角野　たとえば？

斉藤　あの、嵐が来て、海辺で猫のジジに子どもの面倒を見させる母親いましたよね。

角野　ああ、あのお母さんだって、面白いと思うわよ。毎日毎日ジジにあずけるわけじゃないんだから、いいんじゃない？　母親って、子どもを育ててる時はとっても孤独を感じたりする。それをちょっとそんな気持ちからそうしただけ。それをきっかけに事件は起きるけど、このお母さんのせいではないの。

斉藤　まあそれは、物語も面白くなるし、わかるんですけども。ただ、キキやジジは危険な思いをするわりには、もらえる報酬が非常に少ない（笑）。これもちょっと気になる。

角野　それはね、宮崎駿さんも気になっていたようです。でも、これはいくらです、あれはいくらですってやっていくと、ややこしくなりますからね。だから、持ちつ持たれつ、おすそ分けっていうことで。

斉藤　少ない報酬であっても、結果的に見れば、彼女はいろんなものを得ているということですか。

角野　もちろんそうです。頑張ってるのよ、彼女なりに、そこでいろんな発見があるから。それに、魔女はそんなに食べなくても大丈夫って、キキは言ってるし（笑）。

ファンタジー

斉藤　それから、『魔女の宅急便』の最後の巻で、双子の姉弟の弟が出てきますね。あの子は、空は飛べない。男は飛べないという、宿命みたいなものも感じます。

角野　そんなに決めて考えていないわよ。人はだれでも同じです。たしかに、男は魔女にはなれない。でも、私はそれよりも、魔法っていうものはだれにでもひとつはあるものだっていうことを書いたつもり。

斉藤　方法は違うわけですね。

角野　方法は違う。飛べるとか飛べないとかっていう、超人的なことは違うかもしれないけれども、何かを作り出すっていうのは、もしかしたら超人的なことかもしれないじゃない？　たとえば歌を作るとか、たとえば作曲するのだって、私にとっては超人的なこととしか思えないわ、オーケストラの作曲なんか。

斉藤　なるほど。

角野　だから、やっぱりそういうひとつの、自分らしいものをそこで見つけられれば、それがその人の魔法になる。斉藤さんだって、魔法で暮らしているんじゃないかしら。

斉藤　ある意味、エリート主義みたいなことでしょうか。ある特殊な遺伝子を持って、ある特殊な環境で育つと、ある才能が開花しやすいという。それが幸福か不幸かは別として。

角野　どうしてまたすぐ、エリートとか……（笑）。私はだれでも、って言いたいの。現実の世界がどうであろうと、私は現実のものを腑分《ふわ》けして書こうとは思っていないから。

斉藤　でも、角野先生のファンタジーは、本当のファンタジーではないですよね。全部魔法の世界ってわけじゃない。

角野　あら、また分類するわね。「本当のファンタジー」っていうのはどういうものかしら。

斉藤　舞台から何から、すべてが架空であるってこと。でも私としては、日常の感覚がなかったらすべては単なる絵空事になってしまうから、日常生活が舞台であることが大事だと思う。

角野　私もまったくそう思いますよ。私のは限りなく日常に近いファンタジーですから、リアリティがなかったら、説得力もないですからね。どんなに日常と離れた架空の世界であっても、今私たちが現実に暮らしているこの世界の何がしかのリアリティっていうのがなければ、それはもう成り立たないわけでしょう。

斉藤　もちろんです。

角野　よく言われている「本当のファンタジー」っていうのは、概して、善と悪とか、死と生とか、そういうようなものの戦いの物語になりがちなのよ。で、私は世界をふたつに分けて考えるっていうことはしない。

斉藤　二分する世界は書きたくないと。

角野　ええ、でもやっぱり宗教的な考え方が下地にあると、そういうことになってしまうことはあると思うのよね。だから、『ナルニア国物語』はいい例で、キリスト教の考え方が随所にありますよね。

斉藤　物事を善と悪に分ける。

角野　宗教によってはね。それで、魔女っていうのは、悪と善との戦いで排除されて、悪のほうに入れられた存在なんだけど、歴史的にはね。だけど、魔女の誕生は違うから。こっち側の世界と向こう側の世界をよく見つめて、その両方の世界に生きてた人。

斉藤　それが魔女なんですね。

角野　人間は、こっち側の世界の、お金とか、効率とか、そういうことのほうに惹《ひ》かれてしまうところがある。でも、そうではない世界を見て、そうではない世界の豊かさを知っていたのが魔女。それが歴史的ないろんな歪《ゆが》みによって、悪者にされてしまった。魔女裁判とか、火あぶりの刑とか。ジャンヌ・ダルクなんていい例ではないですか。

斉藤　フランスを救ったにもかかわらず、救った国から火あぶりの刑にされた。

角野　それはもう、その時の政治の歪みというか、力の関係で、ジャンヌ・ダルクは魔女とされて処刑された。

斉藤　おっしゃりたいのは、見えない世界とか、名前はわかりませんけど、向こう側と、こっち側があるんですね。

角野　そしてそれは、生と死というような単純なことでもないのよ。

斉藤　そういう、われわれが空想するようなものがいっぱい詰まってる世界が向こうにあると。で、魔女というのはそこを往復して、向こうから何かを持ってきたりする。だから、天国と地獄とか、この世とかあの世とか、そういうようなことだけじゃないってことでしょう。それはよくわかる。

角野　だから、私の物語は限りなくこっちとあっちの世界なの。こっちの世界も書くし、あっちの世界も。こっちだけじゃないの。

斉藤　それがいちばん如実に表れているのが、キキであると。

角野　そのつもりです。そういうファンタジーを書いている人はいますよね。イギリスのフィリッパ・ピアスとか、ルーシー・ボストンの『グリーン・ノウの子どもたち』とかね。二分した世界じゃないんです。時が入り交じる世界。ちょっとした暮らしの中の不思議が動きだす。あるきっかけで時代が入り乱れる。その中で主人公がいろんなことを知っていくんだけど、成長とともに、見えなくなるもののもあるという。『トムは真夜中の庭で』なんて、二十世紀の児童文学の傑作だと思っている。

ふたりの育った町

斉藤　イギリスの児童文学の話から、また小岩の話に戻りましょう（笑）。私たちふたりの接点でもある江戸川区の小岩ですが、先生が昭和十年生まれ、ぼくが二十七年ですから、十七年違いますが、でも、住んでる時期が重なっているところもあるんですよ。あの町って、先生にとって何ですか。

角野　考えてみると、小さい時、戦前の思い出がたくさんある町です。でも戦争にまき込まれてからは、あちこち疎開していたので。そのあとは、おとなになりはじめていたから……。

斉藤　実のお母様は、先生がまだ小さい頃に亡くなられたと伺いました。

角野　ええ、五歳の時。新しい母が来たのは、七歳の時ですね。

斉藤　そうでしたか。疎開先は、どちらでしたっけ。

角野　最初は山形に集団疎開。それから千葉県。

斉藤　それ以前に、深川にも住んでいらっしゃったんですよね？

角野　生まれたのは深川。三歳まで住んでいて、その後小岩に移ったんです。住まいは小岩で、学校も小岩。だけど、深川に父が営んでいるお店があって、しょっちゅう行ったり来たり。子ども心に、ずっと馴染みがありました。

斉藤　小岩は、疎開というわけじゃないんですね。

角野　疎開はずっとあとのこと。その頃東京はね、炭と練炭、薪《まき》とかで、すごく空気が悪かったの。自動車だって薪自動車があったぐらい。あの時代、結核は不治の病だから、子どもがそうなるといけないっていうので、空気のいいところに家を建てたの。

斉藤　小岩のほうはどんなお家《うち》ですか？

角野　田んぼの中の、ごくふつうの家。でも深川の家は楽しかった。うしろに時代劇に出てくるような、昔風の長屋があって。木の門があって、井戸があって、みんなそこで洗濯して。七軒ぐらいかしら、土地はうちのものではなかったから、空襲で建物が焼けたら、何もなくなっちゃったの。その前にあった、父の店は古いお店を買い足し買い足しして、三軒ぐらいつなげたようなお店。それが変につなげたものだから不思議な店でした。

斉藤　お父様が頑張ったんですね。

角野　そうなんでしょうね。だけど、父は子どもが大勢いたから、冒険ができなかったって言ってましたね。特に戦後は食べさせなくちゃいけないから、子どものために、堅実な暮らしっていうのを目指していたんでしょう。冒険したいという気持ちは強い人だったような気がしますね。

斉藤　お父様のそういう気持ちを引いてらっしゃるんですかね、先生は。

角野　あったと思う。私の父がすごく本を読んだっていうのは、やっぱりそういうこともあったんでしょう。本の中で冒険する。本の、物語の面白さっていうのは父はよく感じていたと思います。

ここじゃない、どこか

斉藤　お父様は戦争に行かれてるし、冒険したかった人間でもあるし、本を読んでるということもあるし、いろんなことがすごく大きく先生に影響してると思うんですけれども、作品の中では、やはり女性の存在が強いような気がします。

角野　どうでしょう。『ズボン船長さんの話』や『わたしのパパはケンタ氏』などもありますから、一概に言えないとは思いますよ。でも、『魔女の宅急便』は魔女の話だから、まあ女の話ではあるわね。

斉藤　私の『ルドルフとイッパイアッテナ』なんて、女性はほとんど出てきません。『魔女の宅急便』の登場人物の八割が女性ならば、『ルドルフ』なんてもう、九割九分男の世界。

角野　あなたは男、私は女ってこともあるわね。正直に言うとね、書いているうえで、あまりいろんな人物が出てくると面倒なことになるというか、話の流れをそぐんですよ。

斉藤　それはわかります。

角野　必要な人物だけ出てきて、物語を盛り上げてくれるように書いたほうが、読む人もわかりやすいと思うのね。

斉藤　だから、『魔女の宅急便』の場合は、たまたま主人公が女で、男のことを書いてないだけであると。

角野　だけど、彼女の生活、生きていくうえの筋道で、いろんなことが起きるのは面白いから、その都度、男の人も出てくるし、女の子も出てくるしね。

斉藤　女のほうが魅力的です、『魔女の宅急便』はね。

角野　そうですか。男の人も魅力的に書いたつもりだけど（笑）。

斉藤　主人公じゃなくて、周りに出てくる。

角野　うん、お散歩するおじいさんとか。

斉藤　そうですね。ところで、先生ご自身も女子校の出身ですか。

角野　はい。十歳の時に終戦で、千葉の田舎から、十三の時に帰ってきて、女子校に編入しました。それから大学出て結婚するまで小岩にいたことになるわね。二十三歳まで。

斉藤　昭和三十三年、東京オリンピックの少し前。その時期は、小岩で少し私と重なっているんだ。

角野　それから結婚して、すぐにブラジル。二十四の時。

斉藤　流れのごとく、ワタリガラスのように。そういうことがお好きなんですか。

角野　好きというか、ここじゃないどこかに行ってみたいっていう気持ちはすごく強いですね。本の中でもそう思うし。

斉藤　本の中でも。

角野　物語作ってる時でも、ここじゃなくてどこか他のところとか、他のことが起きたほうが面白いとか、そのほうが自分も面白いし、そう思いながら書いているところがあるわ。

作家の幼少期はみんな不幸？

斉藤　小岩には、小さい頃の、戦前の思い出が多いとおっしゃってましたが、それはどんなものですか？

角野　子どもたちが群れをなして遊んだ時代でしたね。私はあんまり人に馴染めなかったんだけど、姉が活発だったから、そばについていっしょに遊んでもらった。今から考えるとよく遠くまで歩いていったと思うけど、柴又《しばまた》とか、江戸川の土手伝いに行ったりね。土手ではよく遊んだわ。

斉藤　あの時代はね、みんなそうなんだよなあ。あのへんの少年少女の行動範囲ですね。

角野　ゴザ持ってきて、土手をぴゅーっとすべって落ちるとかね。それから、レンゲがいっぱい咲いてて、シロツメクサっていうの？　あれでこう、花束を作って頭に飾ったりして。女の子だから、スカートかなんかにぶら下げたりして、そんなことしてすごくよく遊んだ。ザリガニを捕ったり、トンボを捕ったり。トンボの見分け方は今でもわかります。シオカラトンボにギンヤンマに、アキアカネね。

斉藤　そうそう。私が子どもの時と比べても、今の小岩とは風景も全然違います。

角野　あそこは沼地、田んぼだったんですよね。

斉藤　そうそう。どんどん埋め立てられていっちゃうんですよね。

角野　うちだって、田んぼを埋め立てたところに建てたのよね。

斉藤　まだ妖怪変化が出そうなところですからね。

角野　赤マントっていうのが出るっていう噂《うわさ》があってね、うちの近くにちっちゃな松林があって、そこに出るって言って、みんなが怖がったの。

斉藤　そういう少女期の原風景みたいな、暗闇とか、それからあと、孤独感があるわけでしょう、その家庭環境における。その原風景の暗闇と孤独感が。例のほら、人さらいにさらわれるとか。お金持ちのおばさんに拾われて、クレヨンとカステラもらうとかいう。あのパターン化された話があるじゃないですか。

角野　家出物語ね。人さらいは本当にあったのよ。私と姉がさらわれた。未遂に終わったけど。

斉藤　そんなことがあったんですか？　いずれにしても、孤独感と暗闇が原点ですよね。

角野　だけどね、孤独から脱する方法を知ってたの。

斉藤　それは孤独が前提ですよね。孤独にひたって暗くならないための方便が、空想でありね。いわば空想で自分を守ってるんですよね。

角野　そうね。空想っていうのは限りなく物語に近い。だから、小さい時、そういう気持ちが治るような方法みたいなことをいつも考えてたっていうことは、今の仕事につながっていると思います。

斉藤　それはもう役立ってるというよりないですよ。

角野　もう体の中に染《し》みついてる。

斉藤　それがもう原点なわけでしょう。寂しさっていうのがもう、濃厚だったわけでしょう。

角野　それが私にとって贈り物でもあったと思う。寂しさの中には大きな贈り物があると思っている。あなたは、そういうことなかったの？

斉藤　ありますよ。もう作家なんて、みんな幼少期は不幸なんですよ。

角野　また、そんなこと。みんなってことはないでしょう。

斉藤　大抵の場合そうだと思います。特にね、ファンタジー作家、ヨーロッパの。イギリスとかはわかりませんけど、ドイツのファンタジー作家って、少年期にまともに親に可愛がられてよかったねっていうの、ひとりしかいないですよ。ゲーテだけ。あとはもう。自分の地盤がね、あてにならないわけですよ。あてにならないからこそ、違う世界があるんだろうと。要するに、今いるこの世界があんまり快適じゃないっていうところにじゃないと、想像ってあんまりこう、花開いていかない。

角野　それはそうだと思う。けど言い切るのは……どうかなあ。

斉藤　ですから、言ってみりゃ、不幸が原点なわけじゃないですか。

角野　だけど、その不幸が決定的なものである場合もあるし、ちょっとした日常の憂さでもあるかもしれない。

斉藤　そうはおっしゃるけどね、先生の置かれた環境っていうのは、そんな生易しくはなかったと思いますよ。

角野　生易しくないでしょう、母の死や、戦争あり、父の出征あり、空襲ありだから。だってね、食糧がないってことは、人間の心を荒立てますよ。もうそれは根本的なこと。寝るところと食べるところさえあれば、人はそんな悪いことしないと思う。

斉藤　人間に対する信頼感はあるということですね。

角野　どんなに人間、崩れてしまっても、何かひとつあると思うの、芯みたいなものが。それが、人間に対する私の基本的な考え方ですね。

＊＊＊

斉藤　今日はどうもありがとうございました。対談をさせていただいて、角野栄子と私には似た部分が多いと改めて感じました。

角野　そう？　それは複雑な気持ちです（笑）。

斉藤　作家だし、環境的に似てるし。あと、下町が染み込んでるね、たぶん。

角野　そうね、何だかんだ言い合っても、斉藤さんの気持ちがわかってしまうというところがあるのはたしかね。

斉藤　今後も、よろしくお付き合いください。

角野　こちらこそ、どうぞよろしく。

インタビューを終えて

実は、私はドイツロマン派の作家、E．T．A．ホフマンが好きで、いくつか作品論を書いたことがある。その時、ホフマンが生きていたら、いろいろなことがきけたのになあと、よく思ったものだ。

しかし、今回、角野栄子のインタビューをする機会を得て、というか話を聞いて、作家の作品論を書くには、インタビューは不要だということがわかった。

たとえば、Aという作品があって、その作品をどういうつもりで書いたか、書いた作家にきいて、これこれこういうつもりで書いたという答えが返ってきたとしても、相手は作り話の専門家なのだ。その答えが本当かどうか、わからない。そんなものはあてにならないどころか、かえってその答えに惑わされ、迷路に入り込んでしまうのではなかろうか。

それから、作家の伝記的事実を作品解釈の参考にするという方法がある。それはそれで、ひとつのやり方としてまちがっているとは言えない。たとえば、ホフマンの場合、両親が離婚して、寂しい幼少期をすごしたことがホラー系の作品群に影を落としているとか、そういうことだ。それはそれで正しいかもしれない。しかし、そこには憶測が入り込み、色眼鏡で見ることによって、作品を見誤る危険がある。

その点、作品だけから、つまり、〈作り話〉として公に発表したものだけから、その作品の意味なり価値なりを探れば、そういう憶測は入りにくいし、それがもっとも迷わずに、作品という森を抜ける道なのだと、実は、角野栄子と話しているうちにわかった。

そんなわけで、私の魔女の宅急便論には、インタビューで聞いたことは、あまり入っていないのであります。

斉藤　洋

※敬称略

本書は、二〇一八年度亜細亜大学特別研究奨励制度の助成を受け進められた研究成果の一部である。ここに記して感謝の意を表明したい。

斉藤 洋（さいとう ひろし）
一九五二年、東京都生まれ。中央大学大学院文学研究科修了。一九八六年、『ルドルフとイッパイアッテナ』で講談社児童文学新人賞受賞、同作でデビュー。一九八八年、『ルドルフともだちひとりだち』で野間児童文芸新人賞受賞。一九九一年、路傍の石幼少年文学賞受賞。二〇一三年、『ルドルフとスノーホワイト』で野間児童文芸賞受賞。その他の作品に、「ペンギン」シリーズ、「おばけずかん」シリーズ（以上講談社）、「白狐魔記」シリーズ（偕成社）、「西遊記」シリーズ（理論社）などがある。

生《い》きつづけるキキ
―ひとつの『魔女《まじょ》の宅急便《たっきゅうびん》』論《ろん》―

二〇二〇年二月二十五日　第一刷発行

著者　斉藤《さいとう》 洋《ひろし》
絵　秋山《あきやま》 花《はな》
装丁　大岡喜直（next door design）
発行者　渡瀬昌彦
発行所　株式会社講談社
〒一一二-八〇〇一　東京都文京区音羽二-一二-二一
電話　編集　〇三（五三九五）三五三五
販売　〇三（五三九五）三六二五
業務　〇三（五三九五）三六一五
印刷所　株式会社新藤慶昌堂
製本所　株式会社若林製本工場
本文データ制作　講談社デジタル製作
N.D.C.914 154p 20cm ISBN978-4-06-518497-4

斉藤洋の本

大人気の「**ルドルフ**」シリーズ……………絵・杉浦範茂

ノラネコたちの、知恵と勇気と友情の物語。

ルドルフとイッパイアッテナ

ルドルフといくねこくるねこ

ルドルフとイッパイアッテナⅢ

ルドルフともだちひとりだち

続:ルドルフとイッパイアッテナ

ルドルフとノラねこブッチー

ルドルフとイッパイアッテナⅤ

2020年6月発売予定

ルドルフとスノーホワイト

ルドルフとイッパイアッテナⅣ

斉藤洋の本

古事記

—日本のはじまり—

絵・高畠 純

「イザナギとイザナミの国づくり」「天岩屋」
「八俣の大蛇」「稲羽のシロウサギ」など
有名な日本の神さまたちの奇想天外な物語、
古事記の決定版！

斉藤洋の本

呉書　三国志

絵・広瀬 弦

呉をつくった、孫堅・孫策・孫権。
戦乱の世を生きぬいた父子の物語。

斉藤洋の本

火星のカレー
—宇宙人たちのひみつ—

絵・高畠 純

火星人、木星人、金星人……
おかしくて親しみ深い宇宙人たちから
こっそり聞いたひみつのお話。
表題作「火星のカレー」ほか、全９編。